Ihre Suche beginnt am Ende des Sichtbaren

Sophie Hilger

SEELEN
SUCHER

Das schwarze Haus

Bibliografische Information der Deutschen National-bibliothek:
Die Deutsche Nationalbibliothek verzeichnet diese Publikation in der Deutschen Nationalbibliografie; detaillierte bibliografische Daten sind im Internet über http://dnb.dnb.de abrufbar.

Illustration: Marie Graßhoff Design
Bildmaterial: pixabay, Sophie Hilger
Korrektur: Cara Rogaschewski

Herstellung und Verlag: BoD – Books on Demand, Norderstedt

ISBN: 978-3-7460-6634-9

1. DAVID BOWIE

Dieser Ort war frei von jeder Energie.
Wie eine Kiste, in der sich nichts befand außer schwebender Leere, leicht wie Federn im Schnee.

Nichts … leer … ruhig.

Aus genau dem Grund hatte ich ihn ausgewählt. Weil dieses verdammte lackschuhrote amerikanische Diner ein stumpfer, energieloser Ort war und ich liebte es dafür.

Während ich mit einem abgewetzten Tuch ein paar Gläser polierte, glitt mein Blick über die Bilder von New York und den alten Cadillacs an den Wänden. Die Sofas aus Kunstleder waren genauso schreiend rot wie die Fassadenfarbe des Diners. Johnny Cash wehte zurückhaltend durch die Räumlichkeit. Das immer gleiche Best Of. Ich wippte gütig ein wenig im Takt und zwinkerte Bill auf der anderen Seite des Bartresens lächelnd zu. Jeden Nachmittag trank er seinen Kaffee bei uns und las die *Times*, bevor er sich zur Nachtschicht aufmachte. Sein dunkler Schnurrbart zuckte und er räusperte sich beherrscht. Ein Polizeichef lächelt niemals. Das war seine Überzeugung. Schon klar, Cowboy.

Dieser Ort verströmte einen herrlich-morbiden Charme wie ein trauriges Stück Big Apple, in dem der *American Dream* schon lange unter den lippenstiftfarbenen Sitzmöbeln erstickt war. Eine müde Kulisse, die sich verlaufen hatte. Ein amerikanisches Waisenkind mitten in England. Eine Waise, genau wie ich.

»Hey Easy Rider ...« Tim winkte mich aufgeregt zu sich in die Küche. Ich rollte das Poliertuch zusammen und warf es mir seufzend über die Schulter. Was heckte dieses kleine Schlitzohr jetzt wieder aus? Tim war gerade achtzehn geworden und hatte nichts als Flausen im Kopf. Er war der Sohn des Chefs und zum Spüldienst verdonnert worden, seit er mit dem Pickup seines Vaters die Apotheke im Ort zu Schrott gefahren hatte.

»Was sagst du dazu?« Er kam aus der Küche heraus, als ich keine Anstalten machte, mich auf ihn zuzubewegen. *Easy Rider* ... Er nannte mich so, weil ich Motorrad fuhr. Wirklich kreativ. Aufgeregte rote Flecken verteilten sich über seine sommersprossigen Wangen.

»Alter, das ist ein göttliches Zeichen.« Wer der andere Junge war, der sich in den Türrahmen lehnte, wusste ich nicht. Wahrscheinlich ein Kumpel aus der Schule, in der Tim wegen ein paar Nägeln in Kombination mit dem Bürostuhl seines Direktors gerade eine Ehrenrunde drehte.

»Hey Kleiner.« Ich verschränkte die Arme vor der Brust und musterte den Fremden mit zusammengekniffenen Augen. »Es gibt eine rote Zone in diesem Diner und die erstreckt sich von hier …« Ich zeigte auf die eine Seite der Bar. »Bis da hinten.« Mit einem Kopfnicken deutete ich auf das Ende des Tresens.

Der Junge gab sich betont lässig.

»Lungert etwas in dieser Zone herum, das nicht spült, kocht oder Kaffee macht, beiße ich es weg wie ein Wolf einen räudigen Köter. Tust du irgendetwas von diesen drei Dingen?«

Bill schnaubte hinter mir amüsiert und die Lockerheit meines jungen Gegenübers kam ins Wanken.

Der Halbwüchsige ließ zurückhaltend den Blick über meine verschränkten Arme wandern. »Coole Tattoos«, stammelte er.

»Hey, chill mal«, sagte Tim und seine schlaksige Gestalt hielt mir einen Teller mit einem verbrannten Sandwich unter die Nase. »Du wirst hier gerade Zeuge einer Offenbarung.«

»Welche Offenbarung soll das sein?« Ich verzog das Gesicht und beäugte das Missgeschick. »Um zu wissen, dass du dich in der Wildnis niemals allein ernähren könntest, brauche ich keine Offenbarung.«

»Alter, siehst du das nicht?«, mischte der andere sich wieder ein. »*Ground control to major Tom …*«

Die Jungs starrten mich erwartungsvoll an.

»Was hat *David Bowie* jetzt bitte damit zu tun?« Ich begann, die fertig bearbeiteten Gläser ins Regal zu sortieren und meinen Feierabend vorzubereiten. Es ging stramm auf siebzehn Uhr zu und außer Bill und einer älteren Dame mit drei lachenden Kids, die Pommes in sich hineinstopften, war niemand mehr da.

»Das IST *David Bowie*! Sieh doch mal genau hin!« Tim konnte offensichtlich nicht fassen, dass meine Augen verschlossen blieben für dieses Wunder der Natur.

Ich zog die Brauen nach oben und bedachte ihn mit einem bedauernden Seitenblick. »Tim, David Bowie ist von uns gegangen und er wird mit Sicherheit nicht über ein verkohltes Toast aus dem Jenseits zu uns sprechen. Sorry, Kleiner.«

»Aber hier.« Er tippte mit seinem dünnen Finger ungeduldig immer wieder auf eine Stelle, an der die Brotscheibe etwas heller war als ringsherum. »Mann! Du trägst echt nicht ein Fünkchen Gefühl für Übersinnliches in dir.« Seine grauen Augen musterten mich enttäuscht und er trottete kopfschüttelnd zurück in die Küche. Der andere wollte ihm ganz selbstverständlich folgen, aber ich griff nach seinem Arm und manövrierte ihn vor die Bar, wo er hingehörte.

»Wirklich coole Tattoos«, wiederholte er und zeigte zwei Daumen nach oben.

Nicht ein Fünkchen Gefühl für Übersinnliches ... Wenn der Knabe wüsste ... Wie oft hatte ich mir genau das gewünscht, meine Gabe verflucht. Als Kind hatte ich so gern wie alle anderen sein wollen – einfach normal. Erst hatten sie mich gehänselt, mich *Amber, the Strange* genannt und Scheiterhaufen für mich gebaut, auf denen sie Hexenverbrennung mit mir spielen wollten. Später bekamen sie Angst vor mir und ich wurde einsam. Aber so richtig allein war ich nie. Es gab ja immer noch *sie. Sie* waren zu jeder Zeit bei mir gewesen und sie hatten die anderen Kinder ebenso wenig gemocht wie ich ...

8

»Bringst du Bengel mir das Sandwich noch, bevor ihr es mit Haarspray bearbeitet und auf *Ebay* vertickt? Ich hab Hunger und muss zur Nachtschicht.« Bill faltete die Zeitung zusammen und reckte umständlich den Hals, um in die Küche zu spähen. Man sah seinem Bauch an, dass er gern einmal ein Bier zu viel trank und sein dunkles Haar bekam inzwischen dünne graue Strähnen. Dass er nicht mehr so wendig war, wie noch vor ein paar Jahren bedauerte er oft und gern auch lautstark. Ein genervtes Stöhnen brachte seinen Oberlippenbart zum Beben.

»Auf keinen Fall werden Sie *David Bowie* verschlingen, Sie Banause«, schallte es aus der Küche zurück, gefolgt vom unaufhörlichen Klacken einer Smartphone-Kamera.

»Aaaaalter«, empörte sich der Knabe aus Tims Schule und sah Bill verurteilend an. Ich fragte mich, ob er auch noch andere Worte im Angebot hatte. *Alteeeer ...*

»Schon gut. Ich mach dir schnell ein Neues, Bill. Eines, das nicht aussieht wie ein Stück Grillkohle ... oder wie David Bowie nach einem furchtbaren Brandunfall. Ich muss sowieso warten, bis Nathalie für die Ablösung da ist.«

»Grillkohle?! Das ist *David Bowie! We could be heroes,* Mann", kam Tims Stimme mir aus der Küche entgegen, als ich mich ans Werk machte.

We could be heroes ... Die Zeit war vorbei.

2. WECKRUF

Immer wenn ich durch die Tür des Diners schritt, betrat ich eine andere Welt. In diesem Moment ließ ich die Slums von Amerika hinter mir und erreichte wieder England. Verrückt, wie vier einfache Wände eine ganze Atmosphäre verändern konnten.

Die grüne Hügelweide erstreckte sich bis zum Horizont, an dem eine goldene Sonne ihr mildes Abendlicht verteilte. Ich liebte diese Tageszeit. Meine beste Freundin Hailey hatte immer gesagt, das sei *Feenlicht*, als wir noch klein waren. Sie war schon damals der einzige Mensch auf Erden gewesen, der mich länger als ein paar Stunden ertrug und mich akzeptierte mit all meiner Dunkelheit. Sie war das Licht, ich die Finsternis.

Ein paar Schafe weideten auf dem saftigen Gras. Das war goldener Herbst, wie man ihn sich wünschte. Der verwöhnte uns hier unten im Süden mindestens jedes zweite Jahr. Oben in Schottland war mit Sicherheit bereits alles grau und der Sturm trieb die wütende See die Klippen hinauf. Ich lief quer über den knirschenden Kies des Parkplatzes und zog gerade die Schlüssel meines Motorrads aus der Tasche der Lederjacke, da fiel sie mir auf ... Eine Frau. Sie drückte sich da drüben bei den Bäumen herum und senkte schnell den Blick, als ich in ihre Richtung kam. Die Art, wie sie es tat, verriet mir sofort, dass sie es auf mich abgesehen hatte. Sie wollte mit dem Blickkontakt warten, bis sie in Hörweite war.

Ich ging an ihr vorbei und machte unbeeindruckt meine Maschine startklar.

»Schönes Motorrad.« Sie näherte sich schüchtern. Ich sah ihren schlanken, kurzgewachsenen Körper im Augenwinkel. Sie trug einen Parka, wie man ihn eigentlich nur in der Großstadt trug, wo man etwas darstellen wollte. »Steht Ihnen«, fügte sie hinzu.

Ich sagte nichts. Ihre Ausstrahlung gefiel mir nicht, aber ich konnte noch nicht beurteilen, woran das lag.

»Was für eine ist es?« Ihre Stimme klang hell, aber gebrochen und als ich sie ansah, erkannte ich tiefe, dunkle Ringe unter ihren Augen. Ihre dünnen Finger strichen eine verirrte, blonde Haarsträhne aus dem blassen Gesicht.

»Vincent Black Shadow«, sagte ich. Plötzlich tat sie mir leid. Ich konnte fühlen, dass irgendetwas mit ihr nicht stimmte. Behutsam tätschelte ich das schwarze Metall, um zu verdeutlichen, wie sehr ich dieses Baby liebte. »Von jemandem geerbt, der mir viel bedeutet hat.«

»Von Ihrem Vater?«, fragte sie.

»Oh nein … Nein!« Ich presste ein freudloses Lachen hervor. »Mein Vater war ein saufender Bastard. Hat mir in unserer kurzen gemeinsamen Zeit nie etwas geschenkt, außer ab und zu ein Veilchen.« Und dann hatte er mich vor dem Waisenhaus abgeworfen wie einen ungewollten Hund an einem Tierheim, aber ich hatte schon zu viel gesagt.

»Das tut mir leid.« Sie schlang unbehaglich die Arme um ihren zierlichen Körper, wirkte, als hätte sie seit Ewigkeiten nicht mehr geschlafen. Ausgelaugt und transparent.

Für einen Moment lag ein unangenehmes Schweigen zwischen uns, dann hielt sie mir ihre Hand hin. »Sally. Ich bin Sally Stanson. Amber Woods, richtig?«

Jetzt hatte sie mich. Ihre Finger fühlten sich zerbrechlich und kalt an. »Ja, erwischt.« Ich zuckte grinsend mit den Schultern.

»Okay … es ist nur … Ich hab Sie mir anders vorgestellt.« Sallys eisblaue Augen musterten mich schüchtern.

»Wer bin ich denn Ihrer Meinung nach?«, fragte ich.

Ein paar Augenblicke starrte sie leer an mir vorbei, dann schlug ihr Blick fest in meinen hinein.

»Meine letzte Rettung!«

Ein böses Gefühl sickerte mir zäh in die Glieder wie schwarzer, stinkender Rauch. Nein, nein, nein. Oh nein. Ich hatte es befürchtet. Aber das war nicht drin.

»Tut mir leid!« Meine Stimme klang fest, als ich das Motorrad an ihr vorbei schob und ein Bein darüber schwang.

»Miss Woods, ich flehe Sie an! Meine Kinder sind in Gefahr. Mein Mädchen ist noch ganz klein. Lucas und Maja, das hier sind sie.« Mit zitternden Fingern fummelte sie ein Foto aus ihrer Tasche und hielt es mir hin. »Sie ist erst acht.«

Mein Blick streifte es, ich konnte es nicht vermeiden. Süße Kinder. Der Junge grinste verschmitzt in die Kamera und stützte seine kleine Schwester auf einem Kinderfahrrad. Sie trug blonde Engelslöckchen und lachte unbeschwert. Eine große Zahnlücke verlieh ihrer Ausstrahlung noch mehr Unschuld, als ein junges Mädchen sie ohnehin schon besaß.

Ich schüttelte den Kopf. »Ich tue diese Art von Dingen nicht mehr.«

»Ich habe von dem Vorfall gelesen. Und genau deshalb sind Sie die Einzige, die mir helfen kann. Sie haben da draußen etwas so Mächtiges besiegt, ich …«

»Es geht nicht um's Besiegen.« Ich sah ihr fest in die Augen und erkannte Tränen darin. »Es geht um Kommunikation und ich werde mich nicht mehr öffnen, um so etwas zu tun.«

Sie hatte ja keine Ahnung. Wenn man sich darauf einließ, kehrte man sein Innerstes nach außen, machte sich verletzlich und angreifbar. Ich hatte es einmal unterschätzt und würde es ganz sicher nicht noch einmal tun. Nie wieder. Gerade wollte ich die Maschine starten, da griff sie nach meinen Armen und umklammerte sie.

Es war wie ein Stromschlag. Der verzweifelte Griff einer Mutter, die für ihre Kinder kämpft. »Sie verstehen nicht! Da ist etwas in meinem Haus. Und es wird uns alle drei töten, wenn Sie uns nicht helfen.«

Etwas in mir bäumte sich auf, wollte ihre Berührung loswerden, so schnell wie möglich. Sofort!

»Ich verstehe Sie sehr gut. Aber wir sind hier nicht bei den *Ghostbusters*. Ich habe keinen Kasten dabei, der Ihre Geister in einer grünen Wolke verpuffen lässt. So einfach ist es nicht. Nichts im Leben ist so einfach.«

Ein Raunen ging durch den Korpus meiner Vincent, als ich sie startete.

Sally steckte einen weißen Schnipsel in die Brusttasche meiner Jacke. »Hier ist meine Karte. Überlegen Sie es sich, ich beschwöre Sie!«

»Sally.« Ein letzter Blick in ihre nassen Augen. »Ich kann Ihnen nur einen Rat geben – nehmen Sie Ihre Kinder und verlassen Sie dieses Haus! Dann wird es mit Sicherheit besser.«

»Nein … nein, das wird so nicht funktionieren. Miss Woods, bitte …«, hörte ich sie noch rufen, als ich mein Motorrad vom Parkplatz lenkte und beschleunigte.

Mein ganzer Körper zitterte, das realisierte ich jetzt erst. Verdammter Mist! Natürlich wusste ich, dass das Unsinn war. Nicht immer, in einigen Fällen funktionierte es, das Haus zu verlassen. Aber die Energie, die diese Frau umgab, hatte mir sofort gezeigt, dass sich die Dunkelheit, vor der sie floh, bereits in ihr eingenistet hatte. Das Wesen, um was auch immer es sich handelte, würde ihr folgen – so lange bis es hatte, was es wollte.

Aber ich würde mich nicht wieder mit der Zwischenwelt anlegen. Ich war mittlerweile einfach die Falsche für diese Art von Job. Ihre letzte Rettung … Sie irrte sich, genauso wie ich mich damals geirrt hatte.

Das Motorrad bretterte den schmalen Feldweg zwischen den Weiden entlang. Der Wind riss an meinem Haar. Dieses klamme Gefühl, das da in mir hinaufkroch, hatte ich sehr lange nicht mehr gespürt.

Ich wollte es einfach nur loswerden. Bisher war ich noch alles losgeworden, wenn ich ihm nur schnell genug davonfuhr.

Weg, weg, weg, Amber! Nur schnell weg!

Ein paar fluffige Schafe hoben die Köpfe und sahen mir kauend nach. Bevor ich die Klippen erreichte, bog ich in einen Feldweg ein und stoppte die Motoren. Nachdem ich dreimal tief durchgeatmet hatte, stieg ich ab und suchte nach meinen Zigaretten. Das Zittern war noch immer nicht vorbei. Was war nur aus mir geworden? Sobald jemand *Casper, der Geist* sagte, hatte ich die Hosen voll. Meine Finger bekamen die Visitenkarte zu fassen und ich warf einen zögerlichen Blick darauf.

Stanson Mansion, Thirsty Oaks.

Mansion … Das klang luxuriös. Also doch gut betucht. Diese Frau könnte mit Sicherheit jeden bezahlen, um ihr Haus zu reinigen, und wenn es Ed Warren höchstpersönlich war.

Ich warf die Karte in die lockere Erde zu meinen Füßen und trat mit dem Stiefel darauf. Sie würde das schon schaffen.

Als die Flamme des Feuerzeuges sich gerade in den Tabak meiner Zigarette fraß, bog Bills zerbeulte Polizeikarosse um die Ecke und klapperte gemächlich auf mich zu. Er stoppte den Wagen direkt vor mir und ließ bedeutungsschwer die Sirene aufheulen, bevor er die Tür öffnete, um sich herauszuschälen.

Ich blickte ihm seufzend entgegen und nahm einen tiefen Zug meiner Zigarette. Er räusperte sich, stemmte die Hände in die Hüften und umrundete mein Motorrad. Dann lüftete er seine breite Sonnenbrille, wie sie eigentlich nur Sheriffs in texanischen Vororten trugen und sah mich tadelnd an. »Amber Woods …«

Ja, ich wusste, wie ich hieß.

»Geschwindigkeitsüberschreitung auf privatem Boden und das nicht zum ersten Mal. Was hast du vor? Die Schafe von Barney mit deiner Druckwelle scheren? Dafür sollte er dich bezahlen, dieser geizige Bastard.«

»Tut mir leid, Bill.« Ich hielt ihm eine Zigarette hin und gab ihm Feuer.

»Weißt du …« Er stieß einen schmalen Strom Rauch aus. »Zu meiner Zeit waren die Frauen noch keine wandelnden Stickeralben oder düsten auf Höllenmaschinen in zwielichtigen Gegenden herum. Wie willst du so je einen Kerl finden?«

Ich betrachtete den schmalen Schriftzug, der sich um mein Handgelenk hinunter bis zum Zeigefinger zog. Der Schutzspruch einer Zigeunerin. »Sehe ich etwa aus, als würde ich suchen?«

»Jeder sucht irgendetwas. Ist aber nicht leicht, herauszufinden, was das ist. Vor allem für einen selbst nicht.«

»Ach ja? Was ist es denn bei dir?«

»Oh, so einiges. Den Feierabend, meine Jugend.«

»Ach Bill.« Ich grinste.

Ein paar Minuten rauchten wir nebeneinander vor uns hin und blickten über die endlosen Weiden hinunter zu der Senke, die ans Meer führte.

»Sagt dir *Thirsty Oaks* etwas?«, fragte ich schließlich und erschrak dabei vor mir selbst. Wieso, verflucht nochmal wollte ich das wissen? War das Thema nicht bereits beendet? *Du neugierige Idiotin!*

Bill zog die Brauen nach oben und musterte mich durch seine getönten Gläser hindurch. Er kannte mich lange genug, um zu wissen, dass er nicht fragen musste, was ich dort wollte. »Meine Jungs mögen die Einsätze dort oben nicht.« Er trat seine Zigarette aus. »Komische Typen da. Verrückte.« Er hatte öfter die Angewohnheit, in zusammenhangslosen Fetzen zu sprechen, murmelte gern vor sich hin und machte ein wichtiges Gesicht dabei. Polizeichef durch und durch.

»Ich würde dir ja raten, dich von da fernzuhalten.« Er fuhr sich durchs Haar und drehte sich wieder in die Richtung seines Wagens. »Aber was soll ich einem schottischen Sturkopf schon erzählen?«

»Verfluchter *Auld Enemy*«, erwiderte ich und drückte meinen Filter auf der Erde aus.

»Verdammte Wilde«, sagte er und hob die Hand, während er zu dem alten Blecheimer zurückging. »Und pass gefälligst auf dich auf! Ich habe wenig Lust, dich irgendwann von einem Baum zu kratzen.« Er stieg in den Wagen und startete den Motor. Während er sich entfernte, winkte ich betont lässig. Ich hatte ihn wirklich gern, diesen alten Trampel.

3. ALTLASTEN

Mein Zuhause lag ein Stück abseits der Klippen in einem Wäldchen. Eine kleine Hütte fernab von allem und jedem. Im Winter war das Dach undicht und ich musste ständig irgendetwas flicken, trotzdem war dieser Ort meine Festung. Als ich vor drei Jahren von Schottland in den Süden floh, war das Haus zu mir gekommen, nicht umgekehrt. Es hatte mich gefunden und ich hatte mich schon immer gern finden lassen. Dass ich seinem Ruf gefolgt war, hatte ich bisher nicht einen Tag lang bereut.

Ich parkte meine Vincent unter dem Vordach und ging eilig durch das Tor auf die Veranda zu. An Tagen wie diesem flüchtete ich regelrecht in meine vier Wände, bildete mir ein, sie seien das einzige, das mich schützen konnte. Insbesondere vor falschen Entscheidungen.

Die Traumfänger unter dem Vordach wurden von einem Lufthauch in Bewegung gebracht. Ich sammelte sie seit der Kindheit und hatte inzwischen gut fünfundneunzig Stück von ihnen zusammengetragen.

Durch meine Veranda wuchs eine alte Kiefer, die sich mehr und mehr in mein Wohnzimmer tastete. Die Zweige, die in den Wohnbereich ragten, waren ebenfalls mit Traumfängern behangen. Sie war so riesig und friedlich, dass ich es nie übers Herz gebracht hatte, sie zu fällen. Sie gehörte zu diesem Ort, genau wie ihr Bewohner.

»Hallo Ozzy.« Ich pellte mich aus meiner Jacke, huschte durch die Kerzenhalter am Boden und warf das schwere Leder auf den Kleiderhaken. Der Steinkauz betrachtete mich entspannt aus seinem Baumloch heraus. Er schlief die meiste Zeit, nur wenn die Nacht hereinbrach, flog er mit ein paar kurzen, hellen Schreien aus, um auf Jagd zu gehen. Ab und zu brachte er mir eine tote Maus mit und warf sie lieblos auf den Holzboden neben dem Sofa. Er war offensichtlich fest davon überzeugt, dass ich nicht imstande war, mich selbst zu ernähren. Wie eine Katze. Nur ohne Fell und Streicheleinheiten. Aber das war okay. Ich mochte Katzen nicht. Sie konnten die Zwischenwelt sehen.

Ich zog das Tuch von dem großen Spiegel und blickte mir tief in die grünen Augen. Das war nötig, um meine Mitte nicht zu verlieren. Die ausgebreiteten Schwingen des dunklen Engels auf meinem Rücken rankten bis hoch zum Hals. Es wirkte, als lägen ihre Spitzen auf meinen Schultern. Das große Pentagramm auf meinem Brustbein stand in Flammen, die mir bis zu den Ohren hinauf schlugen. Ich hatte es mir genau so stechen lassen, um immer wieder neu zu realisieren, dass einen kein Symbol oder Ritual je nachhaltig vor dem Bösen schützte. Das konnte man nur selbst, indem man stark genug war. Es sollte mir jeden Tag wieder vor Augen führen, wie verdammt wichtig es war, stark zu sein. Stark genug, um nicht zu ihrem Spielball zu werden. Da draußen gab es weitaus gemeinere Dinge als eine Steuererklärung.

Ich wischte mir die dunkle Schminke von den Lidern und verdeckte den Spiegel wieder. Dann drehte ich mich um, schloss die Augen und straffte den Rumpf. Ich atmete bis tief in den Steiß hinunter, winkelte die Arme an. *Die Wirbelsäule ist der Stamm des Körpers. Sie trägt dich wie ein Baum. Du bewegst dich im Wind, aber er kann dich nicht stürzen.* Ein langer Atemzug floss über meine Unterlippe. *Er kann dich niemals stürzen! Ihr seid im Einklang. Es ist wie Musik.* Eine weiche Drehung bewegte meinen Körper nach links. Meine Muskeln wurden locker, es war wie ein Tanz.

Noch ein tiefer Atemzug und ich spannte jede Sehne an, bewegte mich ruckartig nach vorn, legte die Arme nah an die Brust. *Tai Chi beschreibt den Ursprung von Himmel und Erde. Es macht den Körper beweglich und den Geist wach.*

Ich öffnete die Augen und machte einen Schritt zur Seite. Auf meinem linken Unterarm prangte ein Kranich, auf dem Rechten eine Schlange. Tai Chi war genau das. Der Kampf zwischen Kranich und Schlange, ein Kampf zwischen den Welten.

Gerade wollte ich mich in das *Lü* begeben, eine Position, die jede eindringende Kraft am eigenen Zentrum vorbeileitet, ein Ziehen, ohne zu greifen, da hörte ich Schritte direkt vor meinem Haus und erstarrte in der Bewegung. Wer zum Teufel sollte das sein?

Jeder, der mich kannte wusste, wie sehr ich ungebetenen Besuch hasste.

Ozzy stieß einen spitzen Schrei aus und verschwand durch die Eingangstür im Wald.

»Wer ist da?« Ich richtete mich auf und schlich hinüber in die Küche, um durch die Scheibe zu spähen. Etwas knackte schnell hintereinander wie eilige Füße über dünne Zweige, dann war wieder Ruhe. Ich konnte nichts sehen, außer den hereinbrechenden Abend. Aber ganz eindeutig trieb sich dort jemand zwischen den Bäumen herum.

»Sally – wenn Sie das sind, ich hatte Ihnen doch gesagt, dass …«

»Baba Jagaaaaaaa«, raunte eine verzerrte Stimme vor meinem geöffneten Wohnzimmerfenster und ich fuhr erschrocken zusammen. »Komm raus aus deinem Häuschen!« Moment ... Diesen Spaßvogel kannte ich doch.

»Hailey!« Mit wenigen Sprüngen war ich draußen vor der Hütte und stemmte die Hände in die Hüften. »Du sollst doch nicht allein hier raus kommen.«

»Ich habe mir noch nie von jemandem etwas sagen lassen und werde auch jetzt nicht damit anfangen. Amber Woods … Sieh dich an!« Hailey streckte die Arme aus und betrachtete mich von oben bis unten. Sie trug einen grünen Mantel mit Vogelsilhouetten darauf und sah wunderbar aus wie immer.

»Du meinst, du kannst dich vor mir verstecken? Hier? Denkst wirklich, ein paar Telefonate die Woche würden mich fernhalten? Da hast du dich geschnitten. Du, meine liebe Amber, bist echt eine lausige Freundin.« Sie kam zu mir hinüber und stieß mir die Faust gegen den Oberarm.

22

»Du solltest lieber nicht hier sein«, stammelte ich unbehaglich. In mir rangen die Freude, sie wiederzusehen, und eine tiefsitzende Angst miteinander.

»Hey, es ist fast drei Jahre her und das ist alles, was dir einfällt? *Du solltest lieber nicht hier sein?* Verdammt, du bist eine noch miesere Freundin, als ich dachte.«

»Wir hätten uns doch im Diner treffen können, ich meine ...«, begann ich, aber sie unterbrach mich ungehemmt. »Und *Sally*? Wer soll das sein? Deine neue beste Freundin? Ich fass es nicht, ehrlich. Die Schlampe mach ich kalt.«

»Hailey«, versuchte ich, sie zu beruhigen, aber sie schimpfte und zeterte unaufhörlich weiter. »Kein Plan, wie viele Stunden ich bis hierher unterwegs war. Der Taxifahrer stank nach Mottenkugeln und hat pausenlos von seiner Mutter geredet, keine Ahnung, ob die ein Verhältnis haben oder was auch immer bei euch in der Gegend so abgeht und mein Hotelzimmer ist eine Abstellkammer. Ich komme mir vor wie *Harry Potter*, der auf seinen Zug nach *Hogwarts* wartet.«

»Hailey«, sagte ich so durchdringend, dass sie endlich verstummte und mich mit ihren großen braunen Augen anstarrte. Ich konnte froh sein, dass sie Ozzy nicht bemerkt hatte, das würde ihrer wilden *Harry Potter*-Fantasie den Rest geben. »Ich weiß nicht, was ich sagen soll. Warum bist du extra den ganzen Weg hierhergekommen?«

»Du machst Witze, oder?« Sie kratzte sich an ihrem lockigen Afrohaarschnitt. »Weil ich dich schrecklich vermisst habe, du blöde Kuh.«

»Ich hab dich auch vermisst.« Im nächsten Moment lagen wir einander in den Armen. Es tat so gut, sie im Arm zu halten, dieses verrückte Weibsstück.

»Ich will dich wirklich nicht beunruhigen, aber da steht ein Baum in deinem Wohnzimmer.« Hailey sah sich skeptisch in meiner Hütte um, während ich uns zwei Flaschen Bier öffnete. Sie war so bescheidene Verhältnisse nicht gewöhnt. Als wir vierzehn waren, hatte sich eine wohlhabende Londoner Familie ihrer angenommen. Die folgenden zwei Jahre waren die Schlimmsten meines bisherigen Lebens gewesen. Ganz allein im Waisenhaus mit diesen schrecklichen Kindern. Mit sechzehn war ich getürmt und hatte mein eigenes Leben begonnen, bis ich sie mit Vierundzwanzig wieder traf und *unsere* Zeit anfing. Unsere Zeit, die ich nicht missen wollte, auch wenn sie furchtbar geendet hatte.

»Oh ja, der …«, begann ich. »Der wohnt da schon länger als ich.«

»Okaaaay.«

Als sie den Mantel auszog und ihn über das Sofa warf, fiel mein Blick auf die tiefen Schnitte an ihren dunklen Armen und ein dicker Kloß im Hals hinderte mich am Weiteratmen. Sie bemerkte es und drehte sich, mild lächelnd ein Stück von mir weg. »Du hast echt viele Traumfänger hier. Meine Adoptivschwester würde dich wahrscheinlich dafür umbringen. Sie liebt diese Dinger.«

»Naja, du weißt doch …« Ich versuchte, meine Atemwege mit einem Schluck Bier zu befreien. »Amber, the Strange …«

»Einen Scheiß Amber, the Strange!« Auch Hailey nahm einen Schluck und ließ sich auf der Couch nieder. »Und was soll das mit den Spiegeln? Willst du dich nicht sehen? Falls es das ist … Dann sage ich dir, was ich hier sehe. Eine ziemlich heiße Rockerbraut mit einem Motorrad vor der Hexenhütte, das ist Stoff für einen Film, Baby.«

Ich sagte nichts. Es tat so gut, dass sie hier war, aber ich konnte es nicht genießen und ich hasste mich dafür. Für alles, was passiert war.

»Du bist nicht schuld daran, Amber«, sagte Hailey weitsichtig wie immer. »An nichts von alledem. Wir beide haben damals die Entscheidung getroffen, diesen Fall anzunehmen. Es ist viel Mist passiert, ja. Aber macht das das Leben nicht aus?« Sie stellte ihr Bier ab und griff über den Tisch hinweg nach meinen Händen. »Denkst du, du kannst deine Bestimmung von dir weisen, nur weil wir einmal eine falsche Entscheidung getroffen haben? Was hast du jetzt vor? Jemand anderes zu werden? Das wäre verdammt schade.«

»Ich bin bereits jemand anderes.« Ich löste meine Finger von ihren und sah sie fest an.

»Wer? Wer bist du jetzt? Jemand, der sich mit Gewalt alles vom Hals hält? Jemand, der in einem Diner Kaffee kocht? Wer willst du sein, Amber?« Sie legte den Kopf schief und erwiderte meinen Blick eindringlich.

Ein tiefer Atemzug hob meine Brust und ich fühlte mich plötzlich müde. »Ich weiß nicht … Vielleicht werde ich sesshaft, suche mir einen netten Mann und bekomme ein paar Kinder.«

»HA!« Das Lachen platzte so heftig aus Hailey heraus, dass ich zusammenzuckte. »Sicher! Das klingt nach der Amber, mit der ich damals genau die Kinder verprügelt habe, die heute so sind. Banker, Anwälte, Versicherungsidioten mit einem winzigen Horizont, die denken, was sie sehen sei die einzige Wahrheit. Dass es da nichts gibt, außer ihren gepflegten Vorgärten und ihrem kleinen Leben.«

Oh Gott, dachte ich. *Das klingt so traumhaft.* Ja, ich wollte so ein kleines Leben. Und wie ich so ein kleines Leben wollte.

»Wir sind nicht wie sie, Amber. Das werden wir nie sein, insbesondere du nicht.«

»Ich habe mich verändert«, erwiderte ich unbeholfen.

Hailey schüttelte mitleidig den Kopf und sah hinunter auf ihre Flasche. »Sie sprechen noch zu dir, hab ich recht?«, fragte sie unvermittelt und ich musste schlucken.

»Sie sprechen noch zu dir und diese Sally, von der du dachtest, ich sei sie wollte dir einen Auftrag geben, richtig?«

Für einen langen Moment lag ein Schweigen zwischen uns, eine hohles, vorwurfsvolle Stille.

»Es gibt keine Aufträge mehr«, sagte ich schließlich. »Genauso wenig wie es die Seelensucher noch gibt.«

»Was wollte diese Sally? Braucht sie deine Hilfe? Du hattest dir einmal geschworen, jedem zu helfen, der dich braucht, erinnerst du dich?« Ein Glanz lag in Haileys Augen, den ich von früher kannte. Wir waren zehn gewesen und hatten ein Eichhörnchen vor dem Ertrinken gerettet. Es hatte sich in einem Staudamm verfangen und der Moment, als es schließlich unversehrt in die Freiheit hinausrannte, hatte uns so berührt, dass wir einen Schwur leisteten.

Jedes Wesen in Not beschützen wir vor dem Tod.

Ein naiver Kinderschwur, nichts weiter.

»Bist du hergekommen, weil du die Seelensucher wieder aufleben lassen willst?« Meine Stimme hatte plötzlich einen wütenden Unterton. Ich wollte das hier nicht. Es war unfair.

»Nein, ich bin hergekommen, um meine beste Freundin zu besuchen, aber was ich gefunden habe ist eine feige, unglückliche Person, die sich vor sich selbst versteckt. Du kannst vielleicht die Seelensucher leugnen, aber du kannst nicht leugnen, wer du bist.«

»Selbst wenn ich ihr helfen wöllte, ich könnte es nicht mehr. Nachdem wir die Hölle gesehen haben, bin ich nach Tibet gegangen und habe einen Mentor gefunden. Er hat mir meine Bürde genommen. Und um deine Frage zu beantworten … Nein! Sie sprechen nicht mehr zu mir. Der Mönch hat mich von ihnen befreit.«

»Wie schön …« Enttäuschung glitzerte in Haileys Augen. »Ich wünsche mir auch manchmal jemanden, der mich von mir befreit, aber das kann wohl nur Gott allein.« Sie trank den Rest ihres Bieres und richtete sich auf. »Ich finde den Weg nach draußen selbst.«

»Hailey …« Ich stand ebenfalls auf und sie kam zu mir hinüber um mich noch fester in den Arm zu nehmen, als bei unserer Begrüßung.

»Bitte belüg dich nicht«, sagte sie in mein Ohr. »Alle Menschen in meinem Umfeld, die das getan haben, sind gebrochene Menschen. Ich will nicht, dass meine beste Freundin dazugehört.« Sie gab mir einen Kuss auf die Wange und ging hinüber zur Tür.

Mit der Hand an der Klinke drehte sie sich noch einmal zu mir um und sah mich fürsorglich an. »Liebe.«

»Liebe«, erwiderte ich. Ebenfalls ein Ritual aus unserer Kindheit. Immer wenn sie damals im Waisenhaus das Licht gelöscht hatten, war das unser letztes Wort vor dem Einschlafen zueinander gewesen. Wir hatten nur einander gehabt und dieser Brauch schloss noch immer jeden Dialog ab, der zwischen uns stattfand.

Es war vollkommen egal, was geschah. Unsere Zuneigung füreinander würde es nicht ändern. Hailey war ein wichtiger Teil von mir und ich von ihr.

Ich hörte ihr Taxi davonfahren und war wieder allein mit der Ruhe. Eine Ruhe, die im völligen Kontrast zu dem stand, was sich in mir abspielte. In meinem Inneren tobte ein Sturm. Ein Sturm, der alles umzureißen drohte, was ich mir in den letzten Jahren aufgebaut hatte. Jetzt gab es nur noch zwei Möglichkeiten. Entweder baute ich meine Mauer höher, um mich vor ihm zu schützen, oder ich wurde ein Teil von ihm.

Du bewegst dich im Wind, aber er kann dich niemals stürzen.
Ihr seid im Einklang.

4. EIN STURM ZIEHT AUF

Als ich am nächsten Morgen zum Diner fuhr, hatte sich das *Lü* gegen mich gerichtet. Es zerrte und zog an mir, drängte mich so sehr, dass ich mein Motorrad stoppen und mich sammeln musste. Ich hatte von Eichhörnchen geträumt, hatte ihnen dabei zugesehen, wie sie durch den Himmel sprangen, hinauf zur Sonne und dann zurück zu mir. Eines hatte direkt in mich hineingesehen mit seinen glänzenden Kugelaugen und es war, als wollte es sagen *Belüg dich nicht!*

Die Klippe zu meiner Rechten wirkte heute Morgen besonders steil. Ich sah den Wellen zu, wie sie kamen und gingen, wie sie die Felswand küssten. Eine Möwe segelte über mich hinweg, neigte den Kopf und sah zu mir herunter. Dieser Ort war so friedlich. Wie viele Menschen auf der Welt wollten ein Leben führen, wie ich es gerade tat? Das war doch alles, was man sich wünschen konnte, oder nicht? Meine Hand suchte nach dem Smartphone in der Tasche. Ein Leben voller Ruhe und Freiheit ... Ich tippte die Nummer beinahe von allein auf das Display. Ein Leben, das nur ein Dummkopf freiwillig aufgab. »Amber hier. Es tut mir leid, aber ich fühle mich heute nicht so gut. Ja, ich weiß. Ist das erste Mal in all den Jahren. Ich hab wohl etwas Schlechtes gegessen … Danke, das ist lieb von dir. Ich geb mir Mühe.«

Als ich aufgelegt hatte, ließ ich den Blick über den Horizont schweifen. Der Ozean wirkte endlos. Ich senkte die Lider und lächelte. Unaufgeregt. Vorhersehbar.

Thirsty Oaks tippte ich in mein Navigationssystem und meine Maschine heulte unter mir auf. Das sah nach Dartmoor aus. Die Strecke machte ich in einer guten Stunde.

Der Wind an der Küste frischte auf und etwas Kaltes kroch mir bis in den Nacken hinauf, während ich die Promenade entlangfuhr.

Was tust du hier, Amber Woods? Fahr sofort zurück!

Nein, ich hatte nicht vor, diesen Auftrag anzunehmen. Ich war gar nicht mehr befähigt dazu. Ich wollte nur einmal einen Blick riskieren. Vielleicht konnte ich jemanden zu Sally schicken, der ihr helfen würde.

Ich kannte Menschen, die jedes Haus reinigen konnten, gute Menschen, keine Stümper oder Geldschneider, denn die gab es in diesem Business leider wie Sand am Meer.

So stumpf und dunkel wie Sallys Energie war, würde ich ihr einen Exorzismus ans Herz legen müssen, aber vorher wollte ich mir das erst einmal ansehen. Irgendetwas würde ich schon ausrichten können, auch wenn die Seelen nicht mehr zu mir sprachen.

Mein Motorrad fegte über flache, weite Ebenen, vorbei an Weiden und baumlosen Hügeln und der Herbst zeigte sich immer mehr von seiner dunklen Seite, je weiter ich vorankam. Es hatte zu nieseln begonnen und der Flugplatz von Dunsfold war verlassen. Die schmalen, wendigen Kriegsmaschinen wirkten verstoßen, wie ausgesetzt – ein Metallfriedhof im Nirgendwo.

Die Nadel meines Navigationssystems zeigte mitten in den Dartmoor Nationalpark.

Es gab viele Legenden über diesen Ort. Düstere Legenden, aber die neue Amber Woods beschäftigte sich nicht mehr mit solchen Dingen. Die neue Amber Woods kochte Kaffee und polierte Wassergläser.

Flacher Bodennebel kroch aus den vereinzelten Wäldchen auf die Ebene hinaus. Ich fuhr durch ein verlassenes Lettaford mit seinen wuchtigen Steinbauten und der Nebel folgte mir lautlos wie die Geister eines hungrigen Wolfsrudels.

Dartmoor bei diesem Wetter war wie die Szenerie in einem schlechten Traum.

Als ich einen erneuten Blick auf das Navigationssystem warf, stockte ich. Der Zielort hatte sich doch gerade noch weiter westlich befunden? War ich schon zu weit gefahren? Das konnte nicht sein. Ich war doch nicht bescheuert. Ratlos fuhr ich mir durch mein schwarzes Haar und drosselte die Geschwindigkeit. Ein kreischender Schwarm Krähen erhob sich aus dem nahen Wald, zog lautstark einen Kreis und verschwand am Horizont. Als ich den Blick wieder senkte, um erneut meine Position zu prüfen, war das Navigationssystem schwarz.

»Na super«, stöhnte ich und hämmerte mit dem Finger darauf, als würde das irgendetwas ändern.

Das lag an der Einöde. Die spärlichen Bewohner von Lettaford legten offenbar nicht viel Wert auf eine funktionierende Verbindung zur Außenwelt. Unter anderen Umständen hätte ich das ja sogar verstanden.

Obwohl ich wusste, was mich erwartete, warf ich einen Blick auf mein Handy. Kein Empfang. Überraschung! Und auf dem Asphalt dieses grauen Ortes befand sich keine Menschenseele, die ich fragen konnte, ob ich mich auf dem richtigen Weg befand. Was taten diese Leute hier nur? Saßen sie den ganzen Tag vor der Glotze und zogen sich lahme Talkshows rein? Ein paar der Schornsteine rauchten zumindest.

Ich beschleunigte wieder und beschloss, weiter dem Weg zu folgen, der mir angezeigt worden war, bevor mein Navigationssystem zu einem Pingpongball entartete.

Das Waldland wurde dichter und der Nebel tat es ihm gleich. Kein Geräusch wagte sich hinaus in diese Kulisse, außer dem gleichmäßigen Schnurren meiner Motoren. Meine Arme kribbelten bis in die Finger hinauf, als ich eine schmale Steinbrücke überfuhr. Damals war das immer das erste Anzeichen gewesen, ein Versuch der Kontaktaufnahme. Jetzt war es nur noch ein Gefühl, das vorbeiging. Trotzdem kam ich nicht umhin, einen unbehaglichen Blick über die Schulter zu werfen.

Ich bin nicht mehr empfänglich für euch – verschwindet!

Ein paar Meter weiter erreichte ich ein Tankstellenge-
bäude zwischen den Bäumen, das seine besten Tage
eindeutig hinter sich hatte.

Ein Schild an der Glastür mit der Aufschrift *Geöffnet*
passte perfekt zum Rest des Hauses. Wahnsinn! Als
käme jeden Moment ein Psychokiller mit einer Machete
aus dem Wald gerannt.

Ich parkte mein Motorrad neben den verdreckten
Zapfsäulen und drückte die Glastür auf. Ein helles
Glöckchen verkündete meine Anwesenheit, schien aber
niemanden zu interessieren. Ich erkannte ein paar son-
nengebleichte Schokoriegel in Klarsichtfolien und Do-
sen mit Energydrinks, die nicht aussahen, als dürfte man
sie noch verkaufen.

»Hallo?« Ungeduldig spähte ich hinter den leeren
Tresen und sah mich in dem langgezogenen Raum um.
Zeitungen, Duftbäumchen, Kühlwasser und Enteiser.
Wozu verdammt nochmal brauchte man hier Enteiser?
»Ah Hi, Sorry. Hab gerade Sandwiches gemacht. Möch-
ten Sie eins?« Ein dickbäuchiger Kerl um die Dreißig
kam aus einer Tür hinter dem Tresen und hielt mir ein
Tablett mit belegten Brötchen hin. »Nur zwei Mäuse.
Sonderangebot.« Auf einem blitzte ein gräulicher Schin-
ken unter dem Salatblatt hervor.

»Ähm, nein danke«, erwiderte ich. »Ich suche einen
Ort namens *Thirsty Oaks*.«
»Sind Sie Touristin?« Der Mann platzierte das Tablett
unter einer Milchglasscheibe vor dem Tresen und kratz-
te sich an seinem strähnigen Haar. Ob das wirklich
Milchglas war? Mit ziemlicher Sicherheit wurde es wie-

der klar, wenn man einmal darüber wischte. Es erbarmte sich nur keiner.

»Ist *Thirsty Oaks* denn interessant für Touristen?« Ich blickte skeptisch hinaus in den Nebel.

»Ich sag ja, Sie sind nicht von hier. Hab ich gleich gehört. Schottland?« Er wischte sich die Hände an einem schmutzigen Tuch ab und präsentierte mir eine Lücke in der oberen Zahnreihe.

»Was können Sie mir denn nun sagen über dieses *Thirsty Oaks*?«, fragte ich.

»Sind Sie'n Bulle? Sie wären echt der erste Bulle, den ich kenne, der … *so* aussieht.« Er musterte mich dreckig grinsend von oben bis unten.

Ich starrte ihn schweigend an. Dieser Knilch sollte sich bloß nicht einfallen lassen, mich anzubaggern. Ich hatte nicht übel Lust, ihm eine reinzuhauen, und er schien das zu merken.

»Tja ähm …« Er räusperte sich. »Sie fahren die Straße dort runter, circa zehn Meilen.« Sein Arm schwenkte hinüber zum Wald vor der Scheibe, dem der Nebel ebenfalls einen Milchglas-Look verpasste. Ich erkannte einen schmalen Pfad, welcher in die dunklen Arme der Bäume hineinführte. Hauptsächlich Nadelwald, lange nicht so farbenfroh und freundlich wie andere Gewächse zu dieser Jahreszeit.

»Dann nehmen Sie die nächste Abzweigung links und ab da … tja, immer den Eulen nach, würde ich sagen.« Ich sah ihm dabei zu, wie er sich im Ohr puhlte.

»Bitte was?«

»Na den Eulen.« Er sah mich an, als wäre ich komplett beschränkt. »Die Eulen, die in den Bäumen wohnen.«

Ich war ratlos. Was wollte dieser Kerl von mir? Eulen schliefen tagsüber, genau wie er wahrscheinlich, wenn er nicht gerade Sandwiches schmierte, die ganz England mit ihrer Salmonellenkolonie niederstrecken konnten.

»Thirsty Oaks – *Durstige Eichen*!« Er bestärkte seinen Missmut mit einer übertriebenen Handbewegung.

»Deshalb kommen die Leute doch her. Wegen den durstigen Eichen.« Er nahm einen Flyer aus dem Ständer neben sich und klatschte ihn vor mich auf den Tresen. Das glänzende Bild zeigte riesige Bäume, einen ganzen Wald davon.

»Sie tragen das ganze Jahr über kein Laub, deshalb sind wohl auch diese Eulen alle dort. Die stehen doch auf kahle Bäume, oder?« Er zuckte mit den Achseln.

Besuchen Sie das Thirsty Oaks-Phänomen und entdecken Sie die größte Waldkauz-Kolonie weltweit!, las ich.

»Warum tragen sie denn kein Laub?«

»Das weiß keiner. Ein paar Freaks sagen, das sei Druidenzauber – so wie *Miraculix* aus *Asterix und Obelix*, kapieren Sie?« Er freute sich offenbar über seinen gekonnten Vergleich. »Ich stehe voll auf diese Typen. Kennen Sie *Asterix und Obelix*? Ich habe ein paar hinten bei …« Er wollte auf sein Zeitungsregal im hinteren Bereich zeigen.

»Danke!« Ich griff nach dem Flyer.

»Naja, wie auch immer, Sie stehen sicher auch so auf die Bäume wie die anderen. Sie sehen aus, als würden Sie mystischen Kram mögen. Gläserrücken und so …«

»Na dann, vielen Dank für alles. Werd mich jetzt auf meinen Besen schwingen, ist ja schon spät. Er wird immer ungeduldig, wenn ich so lange wegbleibe.«

»Echt jetzt?« Er machte große Augen.

»Natürlich nicht, Mann. Schönen Tag noch.«

»Sagen Sie *Miraculix* liebe Grüße«, rief er mir nach, während das Glöckchen der Tankstelle hinter mir verhallte.

Was hatte Bill gleich gesagt? Komische Typen?

Ich musste nah dran sein.

5. Amber, the Strange

Wistman's Wood zeigte ein schmales Schild mitten in den düsteren Wald hinein. Alles war grau und weiß und mein Motorrad versank fast im Schlamm.

Dieser verdammte Nebel.

In der Nähe schrie ein Tier, aber ich konnte ohnehin nicht sehen, was es war, also bemühte ich mich gar nicht erst.

»Verdammter Mist«, schimpfte ich. So kam ich mit der Maschine nicht weiter, das Gehölz wurde niedriger und der Boden war von groben Granit-Brocken übersät.

Die Schatten der Bäume sahen hinter der milchigen Wand aus wie Wesen aus einer anderen Welt.

Wieder schrie dieses Tier, diesmal noch näher. War das eine Eule? Wenn ja, kannte ich die Art nicht. Erneut kroch mir diese Kälte bis in den Nacken hinauf. Ich stieg von meiner Vincent und schob weiter. Das stellte sich als anspruchsvolle Aufgabe heraus, denn meine Füße rutschten auf den bemoosten Steinen immer wieder weg und das Motorrad war schwerer, als ich in Erinnerung hatte.

Irgendetwas stimmte nicht mit diesem verdammten Wäldchen. Miraculix war hier eindeutig mein geringstes Problem. Mein Haar blieb in einem der tiefen Zweige hängen und ich zerrte fluchend daran. »Lass los, du garstiges …« Ein eisiger Hauch prallte mir in den Rücken, diesmal war es nicht nur eine Vorahnung, es war eine Präsenz. Ich erstarrte in der Bewegung, atmete nicht weiter und zog den Kopf ein. Ein Geräusch wie eiliges Stapfen nackter Füße über Stein. Es wurde lauter, kam näher. Leichtfüßig, schnell. Zischender Atem klang, als käme er von überall her zugleich.

Ich bin nicht mehr offen für dich! Du kannst mir nichts anhaben.

Mein Herz flatterte im Brustkorb wie eine Motte zwischen zwei Scheiben.

Ein kehliges Geräusch schwoll direkt hinter mir an, gefolgt von einem weiteren eisigen Hauch. Wie der angestrengte Versuch einer Frau, zu sprechen, die keine Stimme mehr besaß. Unmenschlich. Böse.

Etwas Kaltes berührte meinen Rücken, glitt vom Nacken bis zum Steiß hinunter wie Fingernägel auf nackter Haut. Das nächste Raunen war nah bei meinem Ohr. Es klang tief und verloren. Ich streckte den Körper, jeder Muskel darin war angespannt.

»Verschwinde«, presste ich zwischen den Zähnen hindurch und bündelte alle Energien, die ich in meinem Körper finden konnte, um meine Angst zu übertönen. »VERSCHWINDE!«

Was auch immer dieses Ding war, es betrachtete mich genau, suchte einen Angriffspunkt und ich würde mich nicht umdrehen, um ihm diesen Punkt zu geben. Ich ballte die Fäuste so sehr, dass meine Fingernägel mir die Handflächen verletzten. Und dann plötzlich … war es vorbei. Es ließ von mir ab, der kalte Hauch wurde schwächer, ich hörte es davonrennen. Auf zwei Beinen über Moos und Stein. Und als ich langsam den Kopf drehte, sah ich eine dunkle Silhouette hinter der Nebelwand stehen, eine schmale Gestalt, beinahe menschlich. Wie eine Frau in einem Umhang oder Kleid, ich konnte es schlecht erkennen. »Du sollst verschwinden«, rief ich atemlos und klammerte mich an mein Motorrad. Es begutachtete mich wie ich es, dann drehte es sich um und löste sich ins Nichts auf.

Ich befreite mein Haar und sank keuchend gegen den Stamm in meinem Rücken. Was zum Henker war das? Ich hatte diese Gabe nicht mehr. Seit Jahren war keines dieser Wesen mehr zu mir vorgedrungen. Das konnte nicht wirklich passiert sein.

Eilig schob ich mein Motorrad weiter, der Schreck saß mir tief in den Knochen. War ich wieder eine Verdammte und hatte meinen Schutz verloren? War ich wieder *Amber, the Strange?* Meine Hände zitterten.

Der Nebel zog sich zurück und lungerte in vereinzelten weißen Fetzen zwischen den Stämmen am Boden herum, als ich das Ende der *Wistman's Woods* erreichte. Die Haut meines Gesichtes war feucht, feine Tropfen hingen mir im Haar und meine Finger fühlten sich taub an. Aber endlich – ENDLICH wurde der Weg wieder breiter und die Bäume höher.

Ich warf einen Blick zurück in die Woods. Von hier draußen wirkte das Gehölz wie eine einzige Wand, aus verwurzelten, alten Ästen.

Dieses Geräusch hallte noch immer in meinem Ohr nach und es schüttelte mich. Menschlich, aber auch nicht menschlich. Ein Geräusch direkt aus dem Grenzland zwischen Leben und Tod.

Ich stieg auf meine Maschine und ließ den Motor an. Ganz langsam, um den Wald nicht noch einmal aufzuscheuchen. Nichts und niemand hielt sich hier draußen auf außer mir und ich wusste, wie tief und endlos der Wald von Dartmoor sein konnte. Ein paar Meter entfernt plätscherte ein Bach, sonst war es still. Totenstill.

Ein großer Waldkauz schwirrte direkt über mich hinweg, landete auf einem Ast und starrte mich aus leeren Augen an. Es sah aus, als besäße er nichts als klaffende Höhlen in seinem Kopf, ganz anders als mein Ozzy. Wie machten diese Eulen das nur? Ihre Bewegungen waren lautlos. Auf dem Baum daneben saß ein weiterer Kauz, drehte den Kopf und breitete die Flügel aus. Ich war offensichtlich auf dem richtigen Weg.

Mein Motorrad rollte ein Stück über den lockeren Boden und mehr und mehr Tageslicht fiel von oben auf mich herunter. Ich hob behutsam den Kopf. Eine scharfe Grenze trennte die bunt belaubten Bäume von dem kahlen Eichenwald. Kein einziges Blatt lag zu ihren Wurzeln. Wie eine Armee nackter, versteinerter Krieger, die auf ewig verflucht in den Himmel hinaufwuchs.

So etwas hatte ich noch nie zuvor gesehen. Was konnte das verursachen? Ein heller Schrei hallte durch die Weite des Waldes, gefolgt von einer langgezogenen Antwort. Die Äste saßen voll von ihnen. Überall glotzten sie aus ihren schwarzen, runden Augen auf mich herunter. Verfolgten aufmerksam, wie ich mich durch ihr Revier schlängelte. So viele auf einem Haufen. Warum waren sie mitten am Tag dermaßen aktiv? Hunderte von ihnen säumten die kahlen Klauen der Bäume. Eine Kohlmeise stocherte neben mir am Boden im Moos. Merkwürdig, dass sie … Ich hatte den Gedanken kaum zu Ende geführt, da stieß ein zerzauster Waldkauz auf sie hinunter, grub seine riesigen Krallen in ihren kleinen Körper und hackte auf ihren Kopf ein. Eine weitere Eule kam dazu und stritt mit der Zerfetzten, während ihre Beute noch versuchte, sich zu befreien.

Langsam fuhr ich weiter. Ziemlich bedrohlich, sich mitten in dieser Meute hungriger Raubvögel zu wissen. Allerdings erklärte es die Ruhe. Jeder Singvogel, der sich in das Umfeld wagte, wurde nahtlos von jenen merkwürdigen, tagaktiven Waldkäuzen zerfetzt. Ein unbehagliches Gefühl beschlich mich. Als würde eine falsche Bewegung reichen, damit sie über mich herfielen und mir die Augen aushackten.

Was hatte ich mir nur dabei gedacht, hierherzukommen? Ich könnte jetzt Kaffee kochen und mit Bill plaudern. Was wollte ich an diesem skurrilen Ort?

Ein Holzschild rechts neben dem Weg kam in Sichtweite. *Welcome to Thirsty Oaks.* Na immerhin.

Und bei dem Schild am Boden … ich konnte es kaum glauben … saß ein menschliches Wesen. Soweit ich erkannte ein Junge und er spielte mit etwas, das sein Körper verdeckte.

Ich stoppte mein Motorrad direkt neben ihm.

Er summte eine Melodie, die ich nicht kannte und schien mich nicht bemerkt zu haben, obwohl das fast unmöglich war. Seine kindliche Stimme klang surreal an diesem verlassenen Ort.

»Hey, Kleiner«, sagte ich vorsichtig.

Er summte unverhohlen weiter sein Liedchen und als ich um ihn herumspähen wollte, um zu sehen, was er da tat, erstarrte er in der Bewegung. Sein Lied war verstummt, er rührte sich nicht.

»Kleiner?«, wiederholte ich. »Hast du mein Motorrad nicht gehört?«

Keine Reaktion.

Seine Schultern hoben sich unter einem langen tiefen Atemzug.

Direkt hinter mir schrie eine der Eulen. Es hallte durch die hohen Stämme.

»Kommst du aus Thirsty Oaks?« Mein letzter Versuch.

»Steeeeineeee«, zischte seine Stimme in einem langgezogenen Flüstern.

Ich musterte sein zerzaustes Haar und den schmalen Rücken, der in einem grünen Poncho steckte. Was zum Henker stimmte nicht mit ihm?

Seine Schultern begannen zu beben. »Steine stapeln.« Eine helle, weinerliche Stimme.

»Soll ich dich ein Stück mitnehmen?«, fragte ich beschwichtigend. Was trieb dieser Bengel hier nur so allein? Meine Hand hatte seinen Rücken fast erreicht, da fuhr er ruckartig herum und starrte mich wutverzerrt an. Braune Augen, die so vor Zorn sprühten, dass ich zurückwich und vom Motorrad stolperte. Sein Gesicht verriet, dass er bei Weitem nicht so jung war, wie ich ihn geschätzt hatte. Er war vielleicht sechzehn, benahm sich aber wie ein kleines Kind.

»Nicht anfassen!« Er schleuderte einen großen Stein in meine Richtung und ich zog den Kopf ein.

»Hey, hey, alles gut. Beruhige dich!«

»Sie sind falsch! Sie sind so falsch!« Er stand auf, lief hin und her und raufte sich derb das kurze Haar. Der Rotz lief ihm dabei aus der Nase. Jetzt sah ich, was er da die ganze Zeit getan hatte. Ein akkurat gebauter Turm aus Steinen lag zu seinen Füßen, um den er herum stapfte wie ein zu kurz geratenes Rumpelstilzchen. »Falsch! Falsch! Falsch! Sie sollen verschwinden und sie in Ruhe lassen!«

Ich hatte noch immer mit den Händen das Gesicht abgeschirmt und spähte fragend durch meine Finger. Er starrte ins Nichts und schüttelte immer wieder den Kopf. Er wirkte, als würde die Verzweiflung ihn plötzlich auffressen, dabei hatte er gerade noch so unbeschwert gesungen.

»Hör zu, ich kann dir helfen. Ich bringe dich zu deiner Mom.« Langsam griffen meine Hände wieder zum Lenker, das Motorrad zwischen uns war kein übler Schutzschild.

Wieder starrte er mich an, kalt wie ein Tier auf der Jagd. Sein Mund verzerrte sich zu einer Fratze, die Augen verengten sich zu Schlitzen. »Sie will nicht, dass ich mit Fremden rede.«

Aber allein im Wald lässt sie dich herumlaufen, wo du doch offensichtlich etwas sonderbar bist, wollte ich sagen, aber es blieb mir im Hals stecken, während mein Blick von seinem festgenagelt wurde. Irgendetwas stimmte nicht mit ihm und mich ließ das Gefühl nicht los, dass er mit *sie* nicht seine Mutter meinte …

»Du wirst jetzt gehen«, zischte er wieder in diesem seltsamen Säuseln wie zu Beginn. »Sie hat dich schon gesehen.« Seine schmale Brust hob und senkte sich unter schwerem Atem, sein Kopf war geduckt, als würde er gleich zum Sprung ansetzen.

Ich spähte mir bang über die Schulter, während eine Gänsehaut über jeden Zentimeter meiner Haut krabbelte. Aber da war nichts als knorrige, kahle Bäume und diese Armee von Eulen, die zu mir herunter starrte. Als ich meine Maschine anschob und mich langsam vorwärts bewegte, drehten sie ihre Köpfe und blickten mir lautlos nach. In meinem Rücken schwoll wieder das Summen an. Dieses Lied … Es löste etwas in mir aus. Etwas Wehmütiges.

Ein letzter Blick zurück. Der Junge saß wieder da, wie er vorher dagesessen hatte und baute weiter an seinem Steinturm, als hätte er nie mit mir gesprochen.

Ich schüttelte benommen den Kopf.

6. PATER JONAS

H ey, Püppi, ich bin im Diner und trinke einen ziemlich schlechten Kaffee. Ich hoffe, das liegt daran, dass du ihn nicht gemacht hast. Ganz ehrlich ...« Etwas raschelte in der Sprachaufnahme und Hailey begann zu flüstern. »Wer hat diesen pickeligen Kerl eingestellt? Er steht die ganze Zeit da und spielt *Pokemon* oder was auch immer. Freak! Jedenfalls ... Wo auch immer du gerade bist – du tust das Richtige. Ich liebe dich, Baby!« Die Nachricht brach ab, während ich mit meiner Vincent den Wald verließ. Ein kleines Grinsen konnte ich mir nicht verdrücken. Ich liebte sie auch, dieses durchgedrehte Weib.

Eine zerfallene, steinerne Kirche säumte meinen Weg. Nichts weiter als eine Baracke voller Moos und Gräser. Die Natur holte sich das kleine Gotteshaus zurück. Bereits seit vielen Jahren, wie es schien.

Ein paar Meter weiter erwartete mich ein altes Häuschen, das wirkte, als könnte es der nächste Windhauch umpusten.

Auf einem breiten Holzschild an der Fassade stand:

THIRSTY BLOKES.

Durstige Typen.

Bei dem Wortspiel musste ich lachen. Ich schob mein Motorrad unter eines der Fenster und machte es wegfahrsicher. Vielleicht konnte irgendjemand in diesem Pub mir weiterhelfen. Schön blöd, dass ich Sallys Visitenkarte weggeworfen hatte.

Als ich die Tür öffnete, erwartete mich dunkles Holz und die wohl älteste Bar der Welt. Das Lokal war voller versteckter Ecken und Winkel und roch wie eine Schreinerei, in der jemand Bier und Whisky verschüttet hatte. Reichlich Bier und Whisky. Gäste gab es hier nicht. Und auch sonst niemanden.

Mein Blick tastete sich über die großen, alten Gemälde an den Wänden. Auf den meisten hatte jemand den Wald verewigt. Über der Bar fristeten einige kleinere Portraits ein staubiges Dasein. Sie stammten mit Sicherheit aus den vorigen Jahrhunderten und zeigten offenbar die Vorbesitzer des *Thirsty Blokes*. Einer von ihnen war voller Pockennarben, hatte eine fleischige, rote Trinkernase und einen gezwirbelten Schnurrbart wie ein alter Kaiser.

»Mädchen, du siehst aus, als wäre dir Old Crockern persönlich da draußen begegnet.« Ein fülliger Mann in einem dunklen Hemd mit der Aufschrift *Thirsty Bloke-Durstiger Typ* tauchte plötzlich hinter der wuchtigen Bar auf.

»Old *wer*?«, fragte ich.

Der Mann drehte den Kopf und aus einem seiner Augen starrte mich nur das Weiße an. Beinahe wäre ich zusammengefahren, konnte mich aber gerade noch zügeln.

»Schon gut. Ich erschrecke die Leute gern mit meinem stumpfen Auge«, sagte er amüsiert und zeigte auf eines der Gemälde neben mir, auf dem ein riesiger, dunkler Schatten sich wie eine Gestalt durch die Woods bewegte. »Old Crockern. Wenn du ihn getroffen hättest, wüsstest du es.«

»Ah ja …« Ich kniff die Augen zusammen und betrachtete das Bild eingehend.

»War es allerdings eine Frau …« Der Wirt sprach nicht weiter und wich meinem Blick aus.

»Was für eine Frau?« Der Schmerz im Rücken glühte bei der Erinnerung an die Woods wieder auf und ich biss fest die Zähne aufeinander. »Von welcher Frau sprechen Sie?«, wiederholte ich.

»Sie entspringt nicht den Woods.« Sein besorgter Blick folgte dem Lappen, mit dem er den Tresen wischte. »Für dieses Wesen kennen unsere Bücher keine Geschichten. Gnade demjenigen Gott, dem es sich nähert!« Ich schluckte schwer. Augen waren in die Sträucher des Gemäldes eingearbeitet. Ein Duzend Augen starrten mich von der Leinwand aus an. Es war nicht *Old Crockern* gewesen, der mich dort draußen betastet hatte.

»Da ist ein Junge im Wald. Wissen Sie vielleicht, zu wem er gehört? Er ist allein und ein bisschen …« Ich zögerte.

»Sonderbar?«, half mir der Barkeeper auf die Sprünge und sein normales Auge funkelte dabei. »Das ist Aiden.

Er ist Autist, lebt in seiner eigenen Welt. Er kann nicht mehr nach Hause zurück.«

»Ist es denn okay, wenn er ...«

»Was willst du trinken, Mädchen?«, unterbrach er mich schon wieder.

»Eigentlich wollte ich ...«

»Nein, nein, nein. Wer bei den *Thirsty Blokes* einkehrt, sollte auch etwas trinken.« Er legte die Hand an den Mund, als wollte er mir das Versteck eines geheimen Schatzes verraten und senkte die Stimme. »Du willst doch nicht den Geist dieser altehrwürdigen vier Wände verärgern. Zieh eine Karte und er wird dir offenlegen, was du gerade am meisten brauchst.« Seine breite Pranke schlug auf den Bartresen mit ein paar abgenutzten Spielkarten darin. Abergläubisch waren sie hier also.

Ich zögerte. Das alles kam mir mehr und mehr vor wie ein skurriler Traum. Vielleicht würde ich auf der Karte nichts weiter lesen, als die Aufforderung aufzuwachen.

Ich spielte mit und zog einen Mundwinkel nach oben. Die Karte fühlte sich speckig zwischen meinen Fingern an. *Herz Bube.*

»Ah, sehr gut! Du bekommst einen *Oaky Poaky.* Stimmungsaufhellend, gesellig und wegweisend. Rezept geheim.« Während er sich zu seiner Bar umdrehte und in Windeseile ein paar Flaschen griff, schielte ich hinauf zu den Angebotstafeln. Jede Wette, dass der *Oaky Poaky* der teuerste Drink auf der Karte war und jeder ihn zog, egal ob Karo, Joker oder König. Aber er war schon fertig, bevor ich ihn da oben finden konnte.

»Wohl bekomm's!« Der Drink war gelblich und ein paar Himbeeren schwammen in einem Blasenkäfig an seinem Grund.

»Danke.« Ich schnappte mir das Glas und sah mich ein wenig in den betagten, holzverkleideten Hinterzimmern um. Vielleicht würde ich auf ein weiteres dieser interessanten Gemälde stoßen. In einer der hinteren Ecken saß ein Priester in seiner Amtskleidung und blickte sehnsüchtig zu dem kleinen Fenster hinaus. Also doch ein Gast. War mir bisher gar nicht aufgefallen. Über ihm hing der Kopf eines Wildschweins. Ich folgte seinem Blick und sah, was er da so traurig begutachtete. Die zerfallene Kirche.

»Hallo Kind, setz dich doch.« Er lächelte mir müde zu und klopfte auf den Platz neben sich.

»Hallo Pater«, erwiderte ich. Die Bitte eines Geistlichen schlug man nicht aus, aber ich wollte einen Augenblick warten, ob er es ernst meinte oder nur höflich sein wollte.

»Komm schon, du siehst nicht schüchtern aus.« Er legte den Kopf schief und sog an dem Strohhalm in seinem Getränk. Es sah merkwürdig dickflüssig aus, wie ein Milchshake. Ich ließ mich auf den angebotenen Stuhl sinken. Mein Drink schmeckte nach Kräutern und Whisky. Ziemlich gut, musste ich gestehen. Der Geist des *Thirsty Blokes* hatte eine gute Wahl getroffen.

»Ist das ein …« Ich zeigte auf sein Glas.

»Oh ja.« Er nickte. »Mandel-Maracuja. Jeden Tag um diese Uhrzeit. Es ist eine Art … Ritual.«

Ich musste lachen und er faltete bedächtig die Hände, betrachtete mich dabei aufmerksam.

»Entschuldigung.« Ich räusperte mich verlegen. Seine Augen wirkten tief und traurig. »Es … passt nur nicht zu Ihnen … oder zu diesem Pub.«

»Kind …« Er lächelte mild. »Die wenigsten Dinge, die im Leben füreinander bestimmt sind, passen auf den ersten Blick zusammen. Du würdest staunen, wie gut dieses Milcherzeugnis und ich miteinander harmonieren. Mindestens so gut wie du und das Höllenfahrzeug da draußen.« Er zeigte hinaus zu meinem Motorrad. »Ich bin Pater Jonas.«

»Amber Woods.« Ich senkte den Blick.
Seine Hand fühlte sich kühl und knochig an wie die Zweige eines Baumes.

»Sind Sie der Priester dieses Ortes, Pater Jonas?« Dieser Drink war wirklich verdammt gut.

»War ich mal.« Seine großen, hellen Augen wanderten wieder hinüber zur Kirche. Traurig. Bedauernd.

»Es fehlt mir sehr. Ich kann mich noch nicht trennen von diesem Ort. Ich habe eine Ahnung, jemand hier könnte noch meine Hilfe brauchen. Und jetzt warte ich jeden Tag … bis es soweit ist. Kennst du das Gefühl?«

»Oh ja. Aus diesem Grund bin auch ich hier.«
»Dann haben wir etwas gemeinsam.« Er hob seinen Milchshake und ich stieß lächelnd meinen *Oaky Poaky* dagegen. »Ja, das haben wir wohl.«
Für einen Moment schwiegen wir und ließen die Ruhe auf uns wirken. Keine unangenehme Ruhe, eher ein Raum für Gedanken.

»Haben Sie diesen jemand denn schon gefunden, Amber Woods?« Er legte seine Hände auf den Tisch. Lange, dünne Finger.

»Noch nicht. Aber zumindest der Ort dürfte inzwischen stimmen und der Weg bis hierher war steinig genug. Was hat es nur mit diesen Eulen auf sich?«
Ich rieb mir unbehaglich die Arme.

»Seelen«, erwiderte Pater Jonas ganz selbstverständlich.

»Seelen?«

»Du weißt doch, was man sich über diese Wesen sagt, Kind. Sie suchen das Licht, um diejenigen, die darin leben, in die Dunkelheit zu führen. Ihr Wissen ist unermesslich.«

»Hmmm.« Ich trank meinen Longdrink aus und überlegte. Ich kannte die Geschichten über Waldkäuze. *Ihr Ruf »komm mit, komm mit« führt die Siechen ins Totenreich* und so weiter. In meinen Augen nichts weiter als unfaires Geschwätz. Die Menschen versahen Tiere gern mit ihren Dämonen. Sie verstanden nicht, dass das Böse mitten unter ihnen lebte und weder Federn noch ein Fell brauchte, um sie in die Dunkelheit zu locken. Ich hatte dieses Böse gesehen und es hatte mich gesehen. Mir direkt bis in die Seele gestarrt … Ein ungutes Gefühl stellte die Härchen auf meinen Armen unter der Lederjacke auf. Die Erinnerung daran. Und die Angst, hier gerade einen gewaltigen Fehler zu machen.

»Wissen Sie Pater, ich …« Als ich aufblickte, stand nur noch ein leeres Glas voller Milchschlieren vor mir.
»Wir sehen uns wieder, Amber Woods. Du wirst finden, was du suchst«, sagte seine milde Stimme direkt hinter

mir und seine Hände auf meinen Schultern trieben eine tiefe Wärme bis in meine Beine hinunter. »Möge Gott mit dir sein!«

Als ich mich umdrehte, sah ich nur noch sein schwarzes Gewand um die Ecke wehen.

Ich drückte mich nach oben und wollte ihm nach, aber er war bereits verschwunden.

»Und? Hat der *Oaky Poaky* seinen Zweck erfüllt? So mancher Reisende hat ihn schon als Wahrheitsserum bezeichnet«, rief der Barkeeper zu mir hinüber. Er rieb sich voller Vorfreude die Hände.

»War ziemlich gut.« Den Hals reckend spähte ich aus den Fenstern.

»Suchst du deine Freunde aus *Stanson Mansion*? Die haben gesagt, sie kommen heute erst abends vorbei.«

»Wie bitte?« Der Priester war schlagartig vergessen. Was hatte er da gerade gesagt?

»Sind nicht deine Freunde? Entschuldige. Du siehst so aus, als könntest du … Deshalb dachte ich …«

»Von wem sprechen Sie?« Er hatte meine volle Aufmerksamkeit. Das klang, als hätte Sally sich bereits anderweitig umgehört und ich musste unbedingt verhindern, dass sie einer Truppe Stümper auf den Leim ging.

»Na, die drei Kerle. Diese Geisterjäger, frag mich mal, wie sie sich nannten … So etwas Ähnliches wie …« Er kratzte sich an seinem breiten Kinn und rollte mit den Augen.

»Wo genau finde ich die Stanson Mansion?«, fragte ich und spürte, wie mein Puls beschleunigte. Die Frage, die ich ohnehin hatte stellen wollen, bekam gerade eine noch größere Dringlichkeit.

»Einfach die Straße rauf, sind nur hundert Meter.« Der Wirt schwenkte den Arm, um mir zu verdeutlichen, in welche Richtung ich dem Weg folgen sollte.

»Danke! Auch für den Drink. Coole Idee … das mit den Karten und … toller Laden. Passt so.« Nachdem ich einen Schein auf den Tresen geworfen hatte, sprang ich auf den Ausgang zu. Meine Lebensgeister waren erwacht.

»Aber pass da drüben auf dich auf, Mädchen! Dieses Haus ist …«, rief der Barkeeper mir nach, aber ich war schon zur Tür hinaus.

Diese Kerle würde ich mir kaufen.

Allesamt.

Geisterjäger, dass ich nicht lachte.

Nur Stümper gaben sich diese Bezeichnung. Sie war albern und unnütz. Man jagte nichts, gegen das man keine Chance hatte.

7. DAS SCHWARZE HAUS

Stanson Mansion lag am Rand des Waldes, der diesen Ort umhüllte wie ein Kokon. Das imposante, alte Haus thronte auf einem Hügel und ließ keinen Zweifel, dass seine Besitzer wohlhabend waren. Ein ausladender Mittelflügel mit überdachter Terrasse und hohen Fenstern wurde flankiert von zwei schmalen Seitenflügeln, in denen ich die Schlafzimmer vermutete. Aufragende, schwarze Zäune machten das Ganze zu einer Festung, schwer bezwingbar von außen, aber einen Angreifer, der von innen kam, konnten auch sie nicht aufhalten.

Vor dem filigranen Tor mit Stacheln auf den Spitzen stand ein dunkler Truck. Ich griff nach der Klinke, die aussah wie ein schlafender Seedrache. Nicht verschlossen. Während ich durch den Garten aus Apfelbäumen auf das Haus zuging, schnürte mir ein beklemmendes Gefühl den Hals zu. Ein Gefühl, das mehr und mehr an mir zerrte, je näher ich dem Gebäude kam. Etwas Dunkles ruhte in der Erde zu meinen Füßen. Eine Dunkelheit, wie sie auch Sally am Vortag mit zum Diner gebracht hatte.

Ich schluckte schwer. In diesem Moment war ich froh, dass man mir die Fähigkeit zu Sehen genommen hatte. Mein Blick tastete sich an der Fassade nach oben zu dem Fenster über mir. Das Haus war stark renovierungsbedürftig und überwuchert von Efeu.

Dieser Truck ... Ich hatte diesen Truck am Tor schon einmal gesehen. Nur wo? Der Haupteingang wirkte verlassen, aber auf der anderen Seite des Hauses waren leise Stimmen zu hören.

Na wartet! Euch werd ich's zeigen!

Geladen wie eine Autobatterie preschte ich um die Ecke und rannte fast in einen jungen Kerl mit einer Kamera auf der Schulter.

»Amber?« Er starrte mich mit aufgerissenen Augen an.

»Bobby ...« Zwei Gefühle versuchten in meinem Inneren, einander den Garaus zu machen. Da war Freude, Bobby zu sehen, denn er war ein feiner Kerl, aber da war auch blankes Entsetzen, dass gerade seine Bande hier an diesem Ort meinen Weg kreuzen musste. Mir wurde schlagartig übel.

»Mann, wie lange ist das her? Zehn Jahre?« Bobby fuhr sich mit der freien Hand durch sein wüst frisiertes Haar. Ein breites Lederband zierte sein Handgelenk und ich erkannte hervortretende Sehnen an seinem Arm. Er war erwachsen geworden. Und er trainierte. Aber sein Gesicht besaß noch immer diesen verschmitzten, jungenhaften Zug.

»Drei, um genau zu sein«, erwiderte ich. »Sag mir bitte, dass du jetzt dein eigenes Ding machst!«

Er verzog den Mund. »Sorry.«

»Okay …« Die Übelkeit wurde heftiger. Wo auch immer sein respektloses Team auftauchte, wurde alles nur noch schlimmer. Warum gerade hier? Warum gerade jetzt? Warum?

»Wo ist dein missratener Boss?« Allein bei dem Gedanken an ihn kam mir die Galle hoch. Er nannte sich *Ghostmaster,* genau wie seine Show. Dachte, ihm würde die Welt gehören. Diese und auch alle anderen. Wahrscheinlich trampelte er gerade fluchend durch das Haus und brüllte alles an, das nicht bei Drei auf dem Baum war, es solle herauskommen und sich ihm stellen. Manchmal riss er sich dabei die Kleidung vom Leib, um den Zuschauern seinen gestählten Oberkörper zu präsentieren. Dieses selbstgefällige, ungehobelte, unsensible …

»Amber Woods, bist du das wirklich?« Das Fenster über uns hatte sich mit einem Knarren geöffnet und er spähte zu uns hinunter. Wenn man vom Teufel sprach. Mir stellten sich die Nackenhaare auf.

»Sekunde!« Das Fenster schloss sich wieder. Sicher war er schon auf dem Weg nach unten, um da weiterzumachen, wo er vor drei Jahren aufgehört hatte.

»Ich freue mich echt so, dich zu sehen. Wo hast du dich die ganze Zeit herumgetrieben? Ein paar Freunde von uns haben gesagt, du hättest aufgehört.« Bobby setzte die Kamera ab und strahlte mich mit seinen großen dunklen Augen an. »Sag jetzt nicht, dass sie recht hatten?«

Ich antwortete nicht. Diese Situation war der größte Scheiß, der mir hier hätte begegnen können. Zur Hölle damit!

»Selbst wenn ... Ich freue mich, dich zu sehen! Ha, ich erzähle immer das Gleiche.« Bobby umarmte mich, bevor ich irgendetwas dagegen unternehmen konnte. Er fühlte sich warm und unschuldig an. Eine Wut bahnte sich in mir ihren Weg. Warum nur arbeitete er noch immer für diesen Volltrottel?

»Amber Woods, lass dich ansehen! Du siehst großartig aus.« Inzwischen hatte der Schönling uns erreicht. Als er die Arme nach mir ausstreckte, machte ich einen Schritt zurück. »Noah Evans ... Noch immer der gleiche arrogante Mistkerl, was?«

Er verschränkte die Arme vor der Brust und zwinkerte mir zu. »Man tut, was man kann.«

Kein Stück hatte er sich verändert. Noch immer die gleichen dunklen Hemden und Cargo-Hosen, noch immer der gleiche Silberschmuck und die große übertrainierte Statur. Ein neues Tattoo prangte auf seinem Unterarm, wahrscheinlich der Teufel oder er selbst. Nichts als ein Player, nur auf die eigenen Vorteile bedacht. Alles andere war ihm herzlich egal. Noah Evans war nichts heilig.

»Was wollt ihr hier?« Ich stemmte die Hände in die Hüften. »Wieder schlafende Hunde wecken und dann einfach abhauen?«

»Wir erfüllen einen Auftrag.« Noahs blaue Augen nagelten meine amüsiert fest. »Und du? Bist du auch deshalb hier? Wir könnten uns zusammentun. Ich wollte dich schon immer mal vor der Linse haben.«

»Nur über meine Leiche.«

»Oder über die eines anderen. Da drin gibt es genug Aktivität für alle, glaub mir.«

»Wenn du schon mal da durch gepoltert bist, mit Sicherheit.«

»Sieh an …« Sein Gesicht war meinem ganz nah und seine Stimme wurde leiser. »Du bist noch genauso ungestüm wie früher. Das gefällt mir.«

»Erspar mir deine kindischen Scherze, Noah!« Mit seinem ungehobelten Charme konnte er vielleicht eine Gefolgschaft dümmlicher Mädchen für sich gewinnen, aber bei ordentlichen Frauen biss er auf Granit.

»Diese Frau hat Kinder. Verantwortung. Das ist etwas, das du nicht kennst, Noah. Du wirst das hier nur verschlimmern.« Ich sah Brooke hinter Bobby um die Ecke kommen, den dritten im Bunde. Er blieb stehen, als er merkte, wie ernst unser Dialog hier gerade wurde.

Noah wirkte gekränkt. Eine Weile sah er mich nur an. »Warte mal … Warst du nicht diejenige, die drei Jahre lang untergetaucht ist wie der letzte Feigling? Und du willst mir etwas von Verantwortung erzählen? Dein Ernst, Amber? Was hast du denn erwartet? Dass dir nur Liebe und Zuneigung begegnen, wenn du in der Finsternis gräbst? Wenn du *das* mit deiner Gabe anstellen willst, dann lass es besser bleiben! Geh zurück zu deinem Appartement und deinem Ehemann oder zu welchem Leben auch immer. Zu deinem Sack voller Lügen und lass uns hier unseren Job machen!«

Sein Blick flackerte vor Wut und ich hatte Mühe, ihm standzuhalten. In mir kochte und brodelte es. Am liebsten hätte ich ihm direkt auf seine hübschen Wangenknochen geschlagen. Was bildete dieser Bastard sich ein?

Ich öffnete den Mund, um etwas zu sagen, aber ich wusste nicht, was. Er war es ohnehin nicht wert. Keiner von ihnen war es.

»Noah«, sagte Bobby hinter ihm beschwichtigend, aber das änderte nichts.

Gut. Wenn Sally das hier wollte … Eine oberflächliche TV-Show … Wenn sie wirklich dachte, *das* würde ihr helfen. Ihr und den Kindern. Dann sollte sie es eben bekommen. Ich drehte mich um und trat den Rückweg an. Jeder bekam im Leben das, was er verdiente. Das Karma klopfte irgendwann an jede Tür.

»Miss Woods.« Sallys Schritte kamen eilig näher und ich blieb stehen, um auf sie zu warten. Als ich mich zu ihr umdrehte, erschrak ich. Sie sah noch dünner und glasiger aus als am Vortag. Irgendetwas sog ihr jede Energie aus den Knochen.

»Ich freue mich so, dass Sie hier sind.« Sie war von den paar Schritten vollkommen außer Atem.

»Wenn Sie meinen, dass *diese* Kerle Ihnen helfen können, haben Sie sich geschnitten. Die werden Sie nur tiefer in den Sumpf ziehen«, sagte ich eisig.

»Ich musste doch irgendetwas tun«, rechtfertigte sie sich.

»Aber das ist das Falsche.«

»Dann helfen *Sie* mir! Deshalb sind Sie doch gekommen, oder?« Hoffnung stand in ihrem glasigen Blick.

War ich deshalb gekommen?

Ich wusste es gar nicht mehr so genau.

Ich wusste nur, dass sie furchtbar aussah. Wie eine wandelnde Leiche. Und dass ich kein Feigling war, der vor etwas davonlief. Man konnte mir vieles nachsagen, aber ich war kein verdammter Feigling!

»Ja«, entgegnete ich gedankenschwer. »Das bin ich wohl. Aber unter einer Bedingung – ich werde mir Ihr Haus nur ansehen, wenn diese Kerle nicht da sind.«

»Oh Gott.« Ihr dünner Körper sackte in sich zusammen und ihre Schultern bebten. »Ich danke Ihnen.« Sie verbarg ihr Gesicht hinter den dürren Händen. »Ich danke Ihnen so sehr.«

»Ich kann aber nichts versprechen. Ich habe das wirklich lange nicht mehr getan.« Dieses bange Gefühl in meinem Magen wurde stärker. Auf was ließ ich mich hier nur ein? Ich konnte doch gar nicht mehr kommunizieren. Was sollte ich ihr schon nützen?

»Ich lasse Sie morgen von meinem Fahrer holen. Sieht so aus, als hätten Sie sich ein wenig … verirrt.« Ihr Blick blieb an den Zweigen in meinem Haar hängen.

Wir tauschten Telefonnummern, Koordinaten und besiegelten damit unser Abkommen.

Ein Blutsiegel konnte nicht bedeutungsschwerer sein.

Während ich durch die Apfelbäume zurückging, wurde die Aura des Hauses schwächer und meine Schultern wieder leichter. Ein Raum, an den aus irgendeinem

Grund eine Seele gefesselt war, nannten wir *Schwarzen Raum*. Dieses Haus besaß keinen solchen Raum. Seine Wände und Fenster verströmten es, die Erde in seinem Garten sagte es mir. Es war durch und durch schwarz.

Sally hatte Recht- etwas Böses befand sich unter diesem Dach. Und ich hatte soeben zugestimmt, es kennenzulernen.

8. AUGEN IN DER WAND

Mir im Diner ein paar Tage Urlaub zu nehmen, war noch nie ein großes Problem gewesen. Mein Boss hatte nur gebrummt, abgewinkt und sich die Daumen hinter den Gürtel geschoben wie ein Cowboy, der kurz vor einem Duell stand. Ich sagte ihm nicht, wozu ich die Zeit brauchte und er fragte auch nicht. Keiner wusste von meiner Vergangenheit. Das hier war mein neues, mein anderes Leben. Hoffentlich würde am Ende der Woche etwas davon übrig bleiben.

Ein kleiner Wind kam auf, als Sallys Fahrer mich zur Stanson Mansion brachte. Tatsächlich gab es von der Hauptstraße aus einen annehmbaren Weg durch die Wälder. Einen, der problemlos befahrbar war. Memo an mich selbst: *Navigationssystem nehmen, auf den Boden werfen und so lange zutreten bis nichts mehr übrig ist!*
Auch auf der anderen Seite war der Wald düster und mächtig. Die Bäume flogen vorbei wie Halluzinationen.

Hier fühlte sich der Atem der Welt vollkommen anders an als draußen bei meiner Hütte. Wald war nicht gleich Wald. Ich konnte seinen Herzschlag spüren wie den eines großen, verborgenen Wesens.

Sally erwartete mich vor dem Tor. Kein schwarzer Transporter weit und breit. Es wäre auch dumm, gleich am ersten Tag ihr Wort zu brechen, wo sie doch so große Hoffnungen in mich setzte.

»Hallo, Miss Woods.« Ein Hoffnungsschimmer gab ihrem knochigen Gesicht einen lebendigen Glanz.

Sie rieb sich über die Arme. Keine Ahnung, wie lange sie schon hier draußen stand.

»Hallo Sally.« Ich warf mir den Rucksack über die Schulter und nahm einen tiefen Atemzug, während der Fahrer das Auto zum Garagenhäuschen brachte.

In der Ferne schrie einer der Waldkäuze.

»Ich war gestern in diesem Wäldchen da drüben. Sie wissen schon … Die Eichen. Was denken Sie, warum sie kein Laub tragen?«, fragte ich, während ich ihr durch den Garten folgte.

»Oh die …« Sie winkte spöttisch ab. »Sind ja inzwischen schon ein Phänomen. Forscher meinen, es sei die Beschaffenheit des Bodens. Ein fehlendes Mineral, das sie daran hindert, sich vollständig zu entwickeln.«

»Was meinen Sie denn dazu?« Wir liefen durch zwei verschlungene Apfelbäume hindurch, die ihr Laub verloren. Ein Windstoß ließ die gelbe Pracht auf uns hinunterregnen wie sterbendes Gold.

»Ich?«

»Ja, Sie.« Ich holte auf und suchte nach ihrem Blick, aber sie wich mir aus. Irgendetwas gefiel ihr an dem Thema nicht.

»Ich habe wahrlich andere Probleme als ein paar Bäume.« Interessant.

Sich diesem Haus zu nähern, war, als würde man gegen eine Wand laufen. Die Beine wurden mir schwer. Unsichtbare Finger aus dem Boden, die meine Füße festhielten.

»Verzeihen Sie den Zustand des Hauses«, sagte Sally als wir die Stufen zur Vordertür erklommen. »Es fehlt einfach ein Mann im Haus.«

Mein Blick glitt über die von Efeu überwucherten Wände.

»Ich weiß, was Sie denken ...« Sie musterte mich müde. »Sie fragen sich, ob ich kein Personal habe, das mir mit dem Haus unter die Arme greifen könnte.«

Mist, eiskalt erwischt!

»Ich habe nur noch meinen Fahrer.« Sie seufzte schwer. »Alle anderen haben mich verlassen. Genau wie der Mann des Hauses.«

»Wegen der Wesen?«, fragte ich und kämpfte mit der Schwere, die dieser Ort auf meine Schultern wuchtete.

Sally starrte mich kalt an. Ein Flackern huschte durch ihren Blick. Dann öffnete sie wortlos die große Flügeltür und ich sah, wie sie zögerte.

Was machte diese Frau noch hier?

Wenn sie kaum imstande war, dieses Haus zu betreten, was wollte sie dann noch hier?

Wärme und ein herber Geruch nach Holz schlugen mir aus der pompösen Eingangshalle entgegen. Am Ende des Raumes befand sich ein großer, verzierter Kamin aus Stein, ein Prachtstück aus der Gotik. Ich erkannte zwei Frauen, deren Hände sich über den abgebrannten Holzscheiten berührten. Ihre Köpfe waren in unsere Richtung gedreht und ihre leeren Augen starrten uns an. Links und rechts davon führten gewundene Treppen hinauf in das Obergeschoss. Wahnsinn! Wie dieses Jagdschloss in Schottland, in das ich vor Jahren einmal gerufen wurde.

Für einen Moment verharrte ich in der Bewegung und versuchte, den Raum auf mich wirken zu lassen. Nichts. Die Energie war unaufgebracht. Früher wäre das die Erlaubnis für mein Eintreten gewesen. Heute hoffte ich einfach nur, dass ich Sally nicht enttäuschen würde. Der Gedanke, dass sogar jemand wie Noah Evans mehr Aktivität in einem Haus feststellen könnte als ich, ließ etwas in mir festfrieren wie eine Möwe an einer Scholle. Nach einem tiefen Atemzug ging ich auf die linke Treppe zu, um mich ein wenig umzusehen, aber Sallys Hand schloss sich fest um meinen Arm. Ihre aufgerissenen Augen starrten mich an. »Nicht da entlang!«

Ein paar Atemzüge lang erwiderte ich ihren Blick. Nackte Angst flackerte darin auf.

»In Ordnung«, sagte ich mild. »Sie gehen vor, ich folge.« Sie nickte dankbar und bewegte sich auf leichten Füßen auf die Treppe zu, die in den rechten Flügel führte.

»Der Mann des Hauses«, begann ich, während wir die Treppe hinaufgingen. Von hier oben erkannte ich ein dunkles Muster auf dem Parkett wie die Zweige nackter Bäume. Erst dachte ich, das sei so beabsichtigt, aber offenbar hatte der Boden nur Feuchtigkeit abbekommen und löste sich langsam in seine Bestandteile auf.

»Er ist leider verstorben«, sagte Sally mit einem Unterton, der keine weiteren Fragen zuließ. Das Schicksal schien ihr wirklich übel mitzuspielen. Wieder tat sie mir leid, wie sie sich mit ihrem zarten Körper die Stufen hinauf mühte, als sei sie ein gebrechliches Mütterchen. Dabei konnte sie in Wahrheit nicht viel älter sein als ich. Als wir oben angekommen waren, blickte ich hinunter in den ausladenden Raum zu der hohen, dunklen Eingangstür. Sie hatte etwas von einer Kirche.

Sally starrte inzwischen geduckt hinüber zu dem finsteren Flur des linken Flügels.

»Wenn ich das hier tun soll, müssen Sie ehrlich zu mir sein.« Das Leder meiner Jacke knirschte leise, als ich mich zu ihr umdrehte.

Ein hilfloser Atemzug hob ihre Schultern und sie presste die Lippen zusammen. »Das werde ich«, sagte sie, ohne mich anzusehen. »Aber dieser Flügel ist geschlossen.«

»Wieso ist er geschlossen?« Meine Stimme klang genauso rücksichtsvoll, wie ich es beabsichtigt hatte, aber sie wich weiter meinem Blick aus. Ihre Lippen waren so fest aufeinandergepresst, dass nur ein Strich übrig blieb. Sie wirkte, als müsse sie überlegen, ob sie antworten wollte. Als sei sie schon vorher entsetzt von dem, was ihre Lippen da formen würden.

»Weil *sie* dort wohnt.« Ihre Stimme war nicht mehr als ein Hauchen. Offenbar sollte diese Worte niemand hören. Vor allem nicht *sie*.

Meine Augen tasteten sich hinüber zu dem Flur, der wie ein dunkler Schlauch hinter der geschlossenen Glastür lag. Ein Schauer krabbelte mir über die Arme. Hier oben war die Luft klumpig und unangenehm. Es fiel schwer, sie zu atmen.

»Dieser Flur ist seit Jahren verschlossen.« Sallys Stimme war eine Mischung aus Flüstern und Flehen. »Tausend Augen lauern in seinen Wänden, die einem die Seele aus dem Körper starren, sobald man hindurchgeht … und dann noch *sie*.« Sally riskierte einen kurzen Blick hinüber, dann bekreuzigte sie sich eilig und ein Jammern kam tief aus ihrem Körper.

»Ist *sie* da drüben eingesperrt?«, fragte ich. Das Heulen des Windes jagte irgendwo im Haus durch ein geöffnetes Fenster, das ich nicht sehen konnte und Sally starrte mich an wie vom Donner gerührt.

»Nur der Wind«, sagte ich beschwichtigend.

Sie erwiderte nichts, befand sich irgendwo tief in ihren Gedanken in einer Welt, die ihr noch weniger gefiel als diese hier. Nach ein paar Sekunden war es, als würde sie aus einem Traum erwachen.

»Möchten Sie einen Tee?« Sie räusperte sich und drehte sich in Richtung des beleuchteten rechten Flügels vor uns.

»Ja, gern.« Es wurde Zeit, dass wir uns an einem Ort niederließen, der ihr das Gefühl von Sicherheit gab. An einem Ort, wo wir frei reden konnten.

Sally war zu einem anderen Menschen geworden, seit wir über die Schwelle dieses Hauses gestiegen waren. Ich hatte bereits einen Verdacht, was das heißen könnte und es war nicht gut. Ganz und gar nicht gut.

Die Tür des Flügels knarrte, als Sally sie öffnete. Altmodische dunkelgrüne Tapeten wie sie jetzt schon wieder in waren. Wie nannte sich dieses Muster aus dem Barock gleich? Es wollte mir nicht einfallen.

Auf jeden Fall mochte ich es. Es hatte etwas Morbides und Nobles zugleich. Kleine Lampen warfen bis ganz nach hinten gelbe Leuchtflecken an die Wand. Ich erkannte quadratische Verfärbungen. Offenbar hatten dort einmal Bilder gehangen.

In einem der hinteren Räume rumpelte etwas und ich drehte mich fragend zu Sally um. »Ist noch jemand hier?«

Sally öffnete gerade den Mund, um zu antworten, da flog die große Tür auf und ihre Kinder kamen heraus. Lucas voran, knapp gefolgt von Maja, die unbeholfen versuchte, sich hinter ihm zu verstecken. Nicht gut, dass sie ihren Nachwuchs hierließ, während ein gewisser Noah Evans durch die Gänge polterte.

»Kinder, das ist Miss Woods«, sagte Sally.

»Wow!« Der Junge zog eine Braue nach oben und musterte mich. »Sie sind wie *Van Helsing* in sexy. Gehen Sie mit mir aus?« Sein Gesicht sollte wahrscheinlich lasziv wirken, sah aber eher aus, als hätte er Verstopfungen.

»Wie alt bist du?« Ich stemmte amüsiert die Hände in die Hüften.

»Siebzehn.« Er grinste vielsagend.

»Er ist vierzehn«, korrigierte Sally. »Und er wird sich jetzt mal ein wenig zusammenreißen vor unserem Besuch.« Sie warf ihm einen drohenden Blick zu und er seufzte genervt.

Ich musterte ihn aufmerksam. Er wirkte anders als Gleichaltrige. Und ich erkannte keine Spur von Angst bei ihm. Er hatte eine sehr präsente Energie, die mit Sicherheit die Kraft hatte, andere Energien zu verdrängen. Lucas war wohl derjenige, um den ich mir in diesem Haus die wenigsten Sorgen machen musste. Er sah mich verlegen an. »Sorry, ich wollte nicht …«

»Alles gut.« Ich zwinkerte. »Mir kannst du so einiges an den Kopf werfen. Ich sage immer, ich bin nicht so zart, wie ich aussehe.« Über diesen Spruch lachte ich selbst immer am meisten. Zart … Ganz genau. Ich war eine Prinzessin. Eine volltätowierte Motorradprinzessin.

Lucas lachte, weil ich es tat. Er verbarg etwas hinter diesen schmalen, dunklen Augen, das uns vielleicht mit unserem Problem helfen konnte. Er besaß die gleiche schwere Energie wie der linke Flügel, aber er hatte sie im Griff. Maja spähte ängstlich hinter seinem Rücken hervor.

»Hi, Kleines.« Ich ging in die Knie. »Ich bin Amber.« Sie verzog das Gesicht und schob sich wieder hinter Lucas' Rücken.

»Sie ist schüchtern«, entschuldigte sich Lucas.

»Schon okay.« Ich zuckte die Achseln.

»Sind Sie so gut und folgen mir in die Teestube?«, fragte Sally und ich tat wie geheißen. »Bis später, ihr beiden.«

»Bis dann, *Van* Woods.« Lucas schnalzte mit der Zunge. *Van Woods* … Gar nicht übel. Ein wenig wie ein ausgemusterter Wrestler, aber sicher der Brüller als Motorradaufkleber.

9. SIE

I ch habe uns bereits Tee aufgekocht, bevor Sie ein-
getroffen sind. Jasmintee, ich hoffe, das ist in Ordnung?«

»Oh ja, sicher.« Ich sah mich in dem Raum um. Genau
wie man sich ein Teekabinett vorstellte. Schwere, rote
Vorhänge, dunkle, alte Holzmöbel und es duftete nach
Kerzen. Durch das hohe Fenster konnte ich die bunt
belaubten Apfelbäume sehen und weiter hinten den
Wald wie ein Heer schlafender, dürrer Riesen. Eine
große Pflanze neben mir am Fenster schien sich das
Szenario genauso anzusehen wie ich.

»Entschuldigen Sie den ganzen alten Kram«, sagte
Sally. »Mein Mann mochte das Zeug. Der Abstellraum
ist voll damit. Er war immer der Meinung, ein Haus
würde nur mit seiner alten Seele atmen können, so be-
zeichnete er den Krempel.«

»Wie alt ist Ihr Haus denn?« Ich ließ den Blick
schweifen und konnte keinen *alten Krempel* finden. Nur
eine kleine Schnitzerei auf der Anrichte und einen betagten Kerzenhalter auf dem Tisch. Vielleicht meinte sie
die Möbel. Wunderschöne alte Holzarbeit.

»Es wurde um das 16. Jahrhundert erbaut«, erwiderte Sally und platzierte das Tee-Tablett auf dem dunklen Tisch neben der Tür. Eine Aufforderung zum Setzen.

»Und ja, ich weiß, was Sie jetzt denken ... Eine lange Zeit voller kranker und verstorbener Bewohner. Pest, Cholera und TBC. Kein Wunder, dass es hier spukt.«

»Ich denke gar nichts, solange ich nicht genau weiß, womit wir es hier zu tun haben.« Ich setzte meine Tasse an die Lippen. Heiß, aber gut. »Ich habe eine Liste dabei, die ich immer abarbeite, bevor ich meine Arbeit beginne.« Es fühlte sich merkwürdig an, das Klemmbrett mit den Fragen aus dem Rucksack zu holen. Meine Finger verkrampften sich beinahe, so sehr packte mich der Widerwille. Ich hatte das hier drei Jahre lang nicht getan und das nicht ohne Grund.

Warum saß ich hier und fing wieder damit an? Weil ich mich hatte provozieren lassen? Oder weil es einfach ein Teil von mir war? Ich wusste es nicht. Ich wusste in diesem Moment nur eines: So sehr sich mein Innerstes auch aufbäumte, ab jetzt gab es kein Zurück mehr! Ich räusperte mich und versuchte, meinen kratzenden Hals mit einem Schluck Tee zu ölen. Sollte ich ihr erzählen, dass man mir die Gabe, zu sehen genommen hatte? Ich entschied mich vorerst dagegen.

»Gut, also ...« Ich strich das Papier glatt und öffnete den Füller. Sally schlürfte an ihrem Getränk und äugte auf meine Liste. Hinter den ersten Punkt setzte ich bereits ein »X«.

»Was ist das?«, fragte Sally.

»Ich habe Ihr Grundstück auf meiner Karte geprüft. Keine *Ley-Lines* in der Nähe. Das sind die Energielinien unserer Erde. Direkt auf ihnen findet sich häufig besonders viel paranormale Aktivität.«

Sie sah mich ratlos an, fragte aber nicht.

»Wie lange wohnen Sie in diesem Haus?«, fuhr ich fort.

»Seit einundzwanzig Jahren«, erwiderte Sally und ich notierte es.

»Gibt es in der Nähe Höhlen oder größere Wasserflächen?«

»Ähm …« Sally überlegte. »Nicht dass ich wüsste. Außer dem Meer natürlich.«

»Okay. Wasser ist ein Energieträger, müssen Sie wissen. Hatten Sie zu irgendeiner Zeit Kontakt zu Portal-Ritualen wie Ouija, einer Siance, Tarot oder einer Opferung?«

»Wie bitte?« Sally sah mich vollkommen entgeistert an.

»Sehe ich aus, als würde ich einer Opferung beiwohnen? Wofür halten Sie …«

»Was ist mit dem Ghostmaster-Team?«, unterbrach ich sie und blickte ihr fest in die Augen.

Sie wich meinem Blick aus und starrte bedauernd auf die Tischplatte. »Ich … ich kenne mich nicht aus mit solchen Dingen. Ich meine, sie haben versucht, Kontakt aufzunehmen, das ist richtig. Aber nicht mit einem Brett oder … Was ist das eigentlich, dieses *Chi-Cha*?«

»Ouija«, verbesserte ich sie. »Das ist eine Art Gläserrücken. Man stellt Fragen und freut sich, dass sie beantwortet werden. Viele halten es für ein Spiel. Wie Monopoly, aber es ist weit mehr als das.«

Für einen Moment schwiegen wir beide. Sally starrte sorgenvoll zum Fenster hinüber. »Da ist noch etwas«, sagte sie schließlich und ich sah, wie ihr Kieferknochen mahlte. »Ich hatte eine alte Frau hier. Aus einem Nachbarort. Alle da drüben nennen sie nur *Die Zigeunerin*. Sie sagte, sie würde das Haus schützen, und hatte viele unheimliche Dinge dabei. Ich … hätte sie nie kommen lassen dürfen.« Sie schüttelte in einer anhaltenden Bewegung den Kopf, als sie weitersprach. »Sie war im Zimmer meiner Kinder und sie tat etwas mit Lucas …« Als sie den Namen ihres Sohnes nannte, brach ihre Stimme. »Ich sagte, sie solle aufhören und dann wurde sie sehr böse.« Sallys Augen ruhten glasig im Nichts. Ihre Lippen zitterten. »Sie sagte, ich solle zur Hölle fahren. Nein, sie schrie es regelrecht. Und noch ein paar Dinge, die ich Ihnen nicht sagen kann, ohne im Boden zu versinken.«

Wow, die hatte sie offenbar sehr verärgert.

»Ein Ritual mittendrin zu unterbrechen kann sehr gefährlich sein«, versuchte ich mich an einer Erklärung.

»Wie auch immer.« Sallys Stimme klang plötzlich heiser. »Seitdem wurde alles so schlimm, dass ich … dass ich nicht …« Sie vergrub das Gesicht in den Händen und kämpfte mit den Tränen.

Einen Moment ließ ich ihr Zeit und legte ihr die Hand auf den dünnen Arm. »Ich werde mein Bestes tun, um Ihnen zu helfen, Sally«, sagte ich aufrichtig.

Sie hob den Blick und sah mich mit glasigen Augen an. »Danke!« Dann zog sie ein Taschentuch hervor und schnäuzte ihre Nase. »Fahren Sie fort!«

»Gut, jetzt wird es etwas unangenehm. Sind Sie bereit dafür?«

»Ja. Ist schon gut.« Sie straffte die Schultern und band ihr blondes Haar zurück.

»Ihr Mann … Wie ist er gestorben?«, fragte ich vorsichtig.

Ihr Blick wurde kalt. Sie schirmte sich vor den Gefühlen ab, die auf ihre Antwort folgen würden. »Er hatte einen Unfall.«

»Hier im Haus?«

»Ja.«

»Drüben in dem anderen Flügel?«

Sie schluckte so schwer, dass ich es hören konnte. »Ja.«

Ich machte mir Notizen, musterte sie aufmerksam. Das reichte mir dazu. »Was können Sie mir erzählen zu diesem Wesen, das sich da drüben befindet?«

Ich griff nach der Teetasse und blickte auf das eintätowierte Kreuz über meinem Daumen. Sallys Blick streifte meinen. Beinahe bittend. Aber sie wusste, dass sie nicht drum herumkommen würde.

»Eine Frau«, sagte sie erstickt. Die Bäume draußen wogten ihre kahlen Äste im Wind.

»Haben Sie sie gesehen?«, fragte ich.

»Lucas hat es.« Laub wehte klatschend gegen die Scheibe und sie fuhr zusammen. Ich konnte sehen, wie ihre Brust sich schnell hob und senkte.

»Lucas?«, fragte ich. Warum wunderte mich das nicht?

»Ja. Er sagt, sie trägt ein schwarzes Kleid und er kann ihr Gesicht nicht sehen.«

»Warum nicht?« Ich dachte an die Geschichte des Wirts, an dieses Wesen da draußen in den Wäldern.

»Ich weiß es nicht … Er sagt … Sie will etwas von Maja.« Die letzten Worte waren nur noch ein Wimmern und Tränen rollten über Sallys schmale Wangen.

»Und Sie können sie nicht sehen?«, fragte ich.

»Nein.« Wieder schnäuzte sie sich. Dann atmete sie ein paar Mal tief ein und aus. Ihre feuchten Augen tasteten sich zu meinen und sie dämpfte ihre Stimme. »Aber sie sieht mich. Und sie sieht auch Sie.«

Ein schneidendes Heulen fegte durch den Raum. Diesmal fuhr ich zusammen.

»Undichte Fenster«, hauchte Sally.

»Hat sie Ihnen je etwas angetan?«, fragte ich, nachdem ich mich kurz gefasst hatte.

Sally senkte die Lider. Dann richtete sie sich auf und knöpfte langsam an ihrer Bluse, bis ich eine große Narbe erkannte, die von der Brust bis zum Nabel verlief.

»Etwas hat mich die Treppe hinuntergestoßen. Ich habe die Hände im Rücken gespürt und jede Stufe, auf der ich aufgeschlagen bin. Wie mein Arm brach, meine Schulter und dann die erste Rippe, die zweite, die dritte und die vierte. Eine dieser Rippen ist gesplittert und in meine Lunge eingedrungen. Ich lag eine Stunde lang verdreht am Fuße der Treppe und konnte nicht atmen. Eigentlich war ich schon tot, als die Kinder aus der Schule kamen und Lucas mich fand.« Sallys Gesicht war eisig, als sie die Bluse wieder zuknöpfte. Sie stützte ihre Hände auf der Tischplatte ab und starrte mir direkt in die Augen. »Was auch immer es ist … Ich will, dass dieses Ding verschwindet, koste es, was es wolle! Von mir aus kann es gern ein zweites Mal zur Hölle fahren!«

Die Intensität ihres Blickes erschütterte mich bis ins Mark. »Wo finde ich Ihre Toilette?« Ich richtete mich auf und wischte mit den Händen über das grobe Leder meiner Jacke.

»Entschuldigen Sie.« Sie sah betreten aus. »Ich wollte Sie nicht erschrecken.«

»Sie haben mich nicht erschreckt. Ich muss einfach nur pinkeln.«

Für eine Weile sah sie mich an, als hätte sie Angst, ich könnte durch das Fenster des Badezimmers entfliehen und nie wieder zurückkommen. Schließlich streckte sie aber doch den Arm aus. »Am Ende des Flures, die linke Tür.«

Während ich den Gang entlanglief und sein stolzes Alter atmete, dachte ich darüber nach, was Sally hier von mir erwartete. Ich besaß keinen Trick, der böse Geisterfrauen ins Jenseits beförderte oder einen Zauberspruch wie im Film, der fiese Dämonen an ihrer eigenen Boshaftigkeit ersticken ließ. Ich hatte nicht einmal mehr die Gabe, zu sehen. Der Gedanke, einfach durch das Toilettenfenster zu springen, wurde mir immer sympathischer.

Das Badezimmer war gewaltig. Die endlos hohe Decke gab dem Raum ein unangenehmes Feng Shui. Ich mochte es eher übersichtlich und gemütlich.

In die Mitte der Fliesen war eine runde Standbadewanne eingelassen. Sie sollte antik wirken, war aber eindeutig Neuware. Die gusseisernen Waschbecken auf der linken Seite waren im gleichen dunklen Stil gehalten und das trübe Herbstwetter machte den Tag zum Abend.

Ich fand keinen Lichtschalter, also musste es so gehen.

Von mir aus kann es gern ein zweites Mal zur Hölle fahren …

Die Schatten zeichneten dunkle Höhlen unter meine kantigen Wangenknochen, als ich mir die Hände wusch und mich im Spiegel ansah. Ich war niemand, der eine Seele verbannte, das verstieß gegen meine Prinzipien. Ich half ihnen höchstens auf die andere Seite. Für Verbannungen waren andere zuständig.

Meine Zähne pressten sich fest aufeinander, während ich mir in die hellen Augen starrte. Die Erinnerung an das, was vor drei Jahren geschehen war, war allgegenwärtig. Mein Blick glitt langsam hinunter zu meinen Händen. Der Wasserstrahl perlte über die Haut. Diese Hände … sie hatten das getan. Ich hatte das getan … Man war nicht sicher vor ihnen. Auch nicht im eigenen Körper. Man war nirgends sicher vor ihnen.

Das Wasser wurde kälter, kälter, kälter, bis ich das Gefühl hatte, meine Finger würden erfrieren. Kälte kroch an meinen Armen hinauf bis hoch zum Nacken. Rieselte mir über den Rücken bis in die Beine. Ich konnte fühlen, wie meine Knie zitterten, war nicht imstande, mich zu bewegen. Es war plötzlich so verdammt kalt in diesem Raum. Und dann hörte ich es. Ein Klopfen gegen Metall. *Klopf, klopf, klopf.*

Leise und gleichmäßig, als pochte jemand an eine Tür. Mein Blick tastete sich durch den Spiegel zu der Badewanne in meinem Rücken.

Das Klopfen verstummte und als ich endlich in der Lage war, das Wasser abzustellen, war die Ruhe fast nicht zu ertragen. Noch immer starrte ich auf diese Wanne, spürte, wie mein Puls im Körper vibrierte.

Ein Geräusch wie ein Schnalzen, dann wieder ein einzelnes *Klopf.*

Und dann setzte es ein – langgezogen und abrupt. Ein keuchendes Atmen. Erst dachte ich, der Wind würde mir wieder einen Streich spielen, aber es wurde lauter. Wie jemand, der schwer Luft bekam. Es war keines von Sallys Kindern und es war auch kein sterbendes Haustier. Ich kannte diese Anzeichen. Meine Füße bewegten sich ganz von allein.

Schritt für Schritt auf die Badewanne zu.

Das Keuchen wurde schwerer und ging stellenweise in ein Weinen über, um sich dann wieder in Erstickung zu verlieren. Ich legte den Kopf schief und tastete mich weiter nach vorn. Es war so eisig kalt, dass meine Finger sich taub anfühlten. Noch ein Schritt und noch einer, um die Blechwanne herum. Ich reckte den Hals und wuchs augenblicklich am Fliesenboden fest. Dort kauerte ein Junge in einem weißen Nachthemd. Die Haut seiner nackten Arme und Beine war so blass, dass sie sich kaum von der Farbe der Kleidung abhob. Ein dunkler Haarschopf war alles, was ich von ihm sah, denn er umklammerte seinen Körper mit spinnenartigen Armen und hatte sein Gesicht in den Knien vergraben.

Wie war das möglich? Ich konnte ihn sehen.

Mein Herz raste so sehr, dass ich das Gefühl hatte, gleich zu implodieren.

Die schmalen Schultern hoben und senkten sich unter dem schweren, rasselnden Atem.

»Ich will dir nichts tun«, sagte ich leise. Es klang hohl in dem großen Raum.

Das Keuchen verstummte.

»Wie heißt du?« Ich bewegte keinen Muskel. Für einen Moment war es furchtbar still. Unheil verheißend still.

Ganz langsam hob der Junge den Kopf. Seine Augen sahen rot aus und eine dunkle Träne rollte über sein eingefallenes Gesicht. Vollkommen ausdruckslos starrte er mich an.

»Was ist mit dir geschehen?«, fragte ich, ohne zu verstehen, was hier eigentlich passierte.

Ganz langsam entknotete er seinen Körper und richtete sich angestrengt auf. »Es tut weh«, weinte er erstickt, war kaum in der Lage, den Kopf oben zu halten. Mit Mühe streckte er den Arm nach mir aus, stolperte einen Schritt auf mich zu. »Hilf mir!«

Ich war nicht in der Lage, mich zu bewegen und es hätte ihm auch nichts gebracht. Er hatte das Unausweichliche noch nicht begriffen – er war tot.

»Wer hat dir das angetan?«, wiederholte ich meine Frage und in diesem Moment begann die Melodie, durch den Raum zu hallen. Tastete sich durch die dumpfe Luft um uns herum. Diese Melodie … dieser Junge im Wald hatte sie gesummt, Aiden. Sie klang metallisch, aber es war unverkennbar dieselbe.

»Hilfe!« Die blutigen Augen des Jungen starrten mich noch immer an, sein Gesicht war zu einer Fratze aus Schmerz verzerrt. Ich machte einen Schritt auf ihn zu. »Es wird gleich besser, halt durch!«

Blut strömte aus seiner Nase und er sank wieder in sich zusammen wie ein Kartenhaus. Glucksend und hustend. Und dann war er verschwunden.

Eine riesige Welle aus Emotionen rammte mich frontal und ich kämpfte mit den Tränen. Ich sank zu Boden und vergrub das Gesicht in den Händen, um mich zu fassen. Das passierte oft, wenn ich einer verlorenen Seele begegnete. Ihre Emotionen wurden zu meinen. Trauer, Wut, Verzweiflung. *Ich will nicht sterben! Ich will nicht sterben!* Schmerzen überall. Es schmerzte so sehr, dass es mich fast zerriss. Überall. Überall. *Was hast du getan?*

Als es abebbte und die eisige Kälte verschwunden war, umgab mich noch immer diese Melodie.

Wo kam sie her?

Ich drückte mich nach oben, ging zitternd hinüber zur Tür, um sie zu öffnen. Ein Blick zurück zu der Wanne. Hinter ihr fegte der Wind durch die kahlen Bäume. Auf dem Flur wurde die Melodie lauter. Eine Spieluhr, ganz eindeutig. Die Tür zum Zimmer der Kinder war angelehnt. Als ich sie öffnete, versteckte Lucas schnell etwas hinter seinem Rücken. »Oh Gott.« Er ließ die Schultern fallen. »Ich dachte, Sie wären meine Mutter.«

»Was hast du da?« Ich näherte mich ihm, noch immer wackelig in den Knien. Maja starrte mich mit großen Augen von ihrem Bett aus an wie ein Monster, das aus ihrem Schrank kroch. Lucas äugte prüfend über meine Schulter, ging um mich herum und schloss leise die Tür. Dann zog er seinen Arm hinter dem Rücken hervor und hielt mir den Gegenstand hin. Wie erwartet. Eine Spieluhr. Das Zahnrädchen wurde langsamer und sie spielte die letzten Töne. Sie musste alt sein, denn die Farbe am Sockel platzte bereits ab und in ihrer Mitte drehten sich tanzende Kinder um einen Baum mit Äpfeln daran.

»Wow, die ist ziemlich schön«, sagte ich.

»Ja, oder? Ich hab sie in der Abstellkammer gefunden. Wenn Mom das wüsste, würde sie mich umbringen. Sie will nicht, dass wir alte Dinge mit hier rüber nehmen. Sie hat Angst, dass das die Geister noch wütender macht, Sie wissen schon.«

»Hmmm.« Ich begutachtete die liebevoll bemalten Gesichter der kleinen Figuren. Ein Mädchen mit Zöpfen lachte ausgelassen und der Junge daneben biss in einen Apfel.

»Macht es sie denn wütender?« Ich hob den Blick und sah Lucas an. Er zuckte nur die Achseln. »Glaub nicht.«

»Können wir unter vier Augen reden?« Ich deutete hinüber zu Maja.

»Also doch ein Date?« Lucas zwinkerte mir frech zu und ich musste lachen. »So gesehen schon.«

»Ist nicht nötig. Sie können vor ihr sprechen.«

»Sicher?«

»Sicher.«

»Okay.« Mein prüfender Blick zu Maja beruhigte mich nicht wirklich. Sie starrte mich noch immer ängstlich an. »Diese Frau … Deine Mutter sagt, du kannst sie sehen?«

»Ja, das kann ich. Die meiste Zeit steht sie einfach nur da und beobachtet uns.«

»Und sonst?«

»Sonst läuft sie über den Flur oder steht auf der Treppe. Manchmal sehe ich sie nur ganz kurz.«

»Die Frau ist gruselig«, mischte sich das dünne Stimmchen von Maja ein und ihre Augen wurden glasig. »Ich will sie weg.«

»Sie ist die meiste Zeit bei Maja«, flüsterte Lucas mir ins Ohr.

»Warum ist das so?«

»Hey, um das herauszufinden sind Sie doch hier, oder nicht?« Lucas grinste verschmitzt.

»Meinst du, sie war es, die deine Mutter die Treppe hinuntergestoßen hat?«, tuschelte ich zurück und er warf mir einen allessagenden Blick zu. Dann reckte er den Hals und wartete ein paar Sekunden, bevor er hauchte: »Ich … weiß … es!«

Diese Figuren sahen wirklich niedlich aus. Ich hätte zu gern gewusst, aus welchem Jahr die Spieluhr stammte.

»Kennst du diesen Aiden, den kleinen Autisten?«

»Den Freak?«, fragte Lucas spöttisch und verschränkte die Arme vor der Brust. »Ein paar Idioten verprügeln ihn ständig, deshalb schwänzt er die Schule und treibt sich im Wald herum. Bis er dort mal in ein Loch fällt und krepiert oder so. Armer Trottel.« Jungs in diesem Alter waren erbarmungslos.

»Du Ekelpaket!« Ich schüttelte verurteilend den Kopf.

»Hey, ich bin nicht derjenige, der ihn verprügelt.« Er streckte entschuldigend die Arme von sich. »Meine Mutter sagt, er sei gefährlich. Manchmal lungert er bei uns vorm Haus herum, glotzt wie ein Psycho und Mom muss ihn verjagen. Voll gruselig!«

»Schon klar.« Ich ging kopfschüttelnd wieder auf die Tür zu. Wenn ich das ganze Jahr über mit Dämonen und Eulen in einem Wald hausen müsste, würde ich auch glotzen wie ein Psycho.

»Er war nicht ihr Mann«, sagte Lucas unvermittelt, als ich gerade den Raum verlassen wollte. »Wie bitte?«

»Sie sagt immer, Dad wäre ihr Mann gewesen, aber sie waren nie verheiratet. Ich habe Fotos gefunden. Er war der Mann einer anderen.«

»Der Mann einer anderen?« Das wurde ja immer spannender.

»Zumindest habe ich ihn auf Bildern mit einer anderen gesehen. Vielleicht hat er Mom betrogen. Ich hab ja keinen Plan von so etwas. Dachte nur, es könnte helfen, falls … Sie mit ihm sprechen.«

»Vielleicht.« Sally betrogen? Vielleicht hatten sie auch eine Dreiecksbeziehung …

»Wir sehen uns«, sagte ich und griff nach der Türklinke. »Ekelpaket!«

»Wenn Sie ihn treffen …« Lucas pausierte und sah mich lange nur an. Ich kannte diesen Blick. Es war ein Blick, der hoffte. Ein Blick, der bereit war.

»… sagen Sie ihm, dass ich keine Angst habe? Ich habe ihn nie kennengelernt, aber ich habe keine Angst und würde ihn gern treffen. Falls er, ich meine, Sie wissen schon …«

»Du hast ihn nie kennengelernt?« Das verblüffte mich.

»Nein, er starb kurz vor meiner Geburt. Maja und ich sind Halbgeschwister.«

»Okay.« Die Klinke fühlte sich kühl an zwischen meinen Fingern. Halbgeschwister. Auch das war gut zu wissen.

»Versprechen Sie es?«, riss Lucas mich aus meinen Gedanken.

»Hoch und heilig. Spucken wir drauf!«

»Sie sind echt *anders*, Van Woods.« Er wirkte angewidert. Die Jugend von heute war auch nicht mehr das, was sie einmal war …

»Das hat lange gedauert.« Sally blickte mir besorgt entgegen und lief im Raum auf und ab. »Sie haben es sich doch nicht anders überlegt?«

»Ganz im Gegenteil.« Ich verschränkte die Arme vor der Brust. »Ich brauche eine Nacht allein in Ihrem Haus. Vielleicht kann ich Ihnen tatsächlich helfen.«

10. MADEMOISELLE PAPPILON

Hailey liebte es, mich mit Dingen zu foltern, die ich hasste. In diesem Fall ließ sie demonstrativ die aktuelle Folge *Ghostmaster* auf ihrem Netbook laufen, während wir im örtlichen Café einen Cappuccino schlürften.

»Sei doch nicht so verbohrt, auch du kannst von anderen noch etwas lernen, Miss Oberschlau.« Über ihren vollen Lippen prangte ein akkurat geschwungener Milchbart und verlieh ihr die Autorität eines alten Majors.

»Du weißt, was ich von den Methoden dieser Stümper halte. Nichts Komma null nichts.« Ich rührte mit meinem Löffel in dem lauwarmen Kaffee.

»Rück jetzt gefälligst hier rüber, du Dickschädel!« Hailey klopfte auf den Stuhl neben sich und ich hatte kurz das Bedürfnis, stramm zu stehen. »Jawohl, Sir! Sofort, Sir!«

»Was?« Sie verzog das Gesicht und dann trat etwas wie Erkenntnis in ihren Blick. »Ah ja, schon klar.« Eilig wischte sie sich über den Mund. »Doofnase!«

Ich rückte widerwillig neben sie und sah mir den neuesten Abschaum aus der Filmschmiede der Albernheiten an. Stanson Mansion erschien auf dem Bildschirm, gefolgt von ein paar Eindrücken der Thirsty Oaks und ihren Eulen, untermalt von hochdramatischer Musik. Als hätte *Rosamunde Pilcher* plötzlich beschlossen, ein Grufti zu werden.

»Ich kann nicht fassen, dass du das ohne mich machst.« Hailey legte vorwurfsvoll den Kopf schief. »Das ist einfach perfekt. Wir beide zusammen würden sie wegfegen. So wie früher.« Ihre bunten Armreifen klimperten, als ihre Finger über die Tastatur huschten, um vorzuspulen. Etwas in mir verkrampfte sich zu einem großen Brocken. *So wie früher ...*

»Da sieh sich einer diesen Kerl an.« Hailey schob ihr Gesicht näher an den Laptop heran. Sie stieß einen kurzen Pfiff durch die Zähne und setzte wieder ihre Tasse an die Lippen. Ich äugte skeptisch hinüber. Noah stand mit ausladenden Gesten vor dem Haus und erzählte etwas in die Stummschaltung hinein, über die ich unendlich dankbar war. »Hailey – bitte!«

»Was denn? Dieser Hintern ist doch aus Stahl, da würde ich liebend gern einmal ...«

»Hailey! Noah Evans ist der Inbegriff der Arroganz. Ich habe noch nie zuvor einen so überheblichen Mistkerl getroffen.«

»Klingt, als würde er in meine Sammlung passen.« Hailey konnte ihre Augen nicht von ihm lassen. »Wie ich dich hasse, dass du ihn mir nie vorgestellt hast.«

»Das wirst du mir noch danken. Können wir dann über die wirklich wichtigen Dinge sprechen oder willst du erst noch ein Poster für deine Wohnung ausdrucken?«

»Keine schlechte Idee«, raunte sie.

Hailey rannte immer wieder ins Verderben, was Männer anging. Und Frauen. Als wir uns das letzte Mal gesehen hatten, hatte sie eine Freundin gehabt. Sie sagte, man verliebte sich nicht in ein Geschlechtsteil, sondern in einen Menschen.

»Du, mein liebes Fräulein bist asexuell. Anders kann ich mir nicht erklären, wie du einen solchen Mann um dich haben kannst, ohne ihm nahtlos die Klamotten vom Leib zu reißen.« Sie hielt mir den lackierten Zeigefinger vor die Nase und ich verdrehte die Augen.

»Und apropos … Dieser Kleine ist wohl auch ganz schön verliebt. Sieh dir das an.« Sie zog mich am Arm näher an den Bildschirm und zeigte auf Bobby, der die Hausherrin ungehemmt anschmachtete, während Noah sie interviewte. »Wow! Fehlen nur noch die Geigen.«

»Bobby ist okay«, warf ich ein.

»Nicht nur das. Er ist rettungslos verloren.« Hailey lachte. Ich beobachtete Bobby weiter und ein ungutes Gefühl beschlich mich. Offenbar war Hailey nicht die Einzige, die gern lachend ins Verderben rannte. Der Kraft in diesem Haus war Bobby keinesfalls gewachsen.

»Kannst du jemanden für mich ausfindig machen?«, fragte ich, als das Bild wechselte.

Hailey drehte den Kopf. Ein Funkeln schimmerte in ihren Augen. »Nichts lieber als das.«

Diese Frage hatte ich ihr seit drei Jahren nicht mehr gestellt. Sie war bei den Seelensuchern immer das Recherche-Genie gewesen, hatte immer und überall ihr Netbook dabei und fand alles und jeden innerhalb von Minuten. Ja, wir hatten sie alle weggefegt ... Früher ... Wir waren die Besten gewesen.

»Ein Medium in der Gegend. Sie nennen sie *Die Zigeunerin.*« Noch während ich sprach, glitten Haileys Finger über die Tasten und als unsere Getränke leer waren, hatte sie schon sieben Namen und Adressen, die infrage kamen. Bevor wir die Rechnung bestellten, klappte sie den Laptop zu und sah mir forschend in die Augen. »Warum machst du das, Amber? Was an diesem Haus hat dich überzeugt?«

Ich antwortete nicht, starrte nur ins Nichts und kaute auf meiner Unterlippe. Es war vielleicht nicht clever, aber ich musste sie einfach fragen. Ein tiefer Atemzug hob meine Brust. »Blutige Augen ... Wovon kann das kommen?«

Eine Weile starrte sie mich nur an, es kam mir vor wie Minuten und dann erhellte sich ihr Gesicht plötzlich. »Du kannst es wieder?« Ihre Stimme klang erstickt. »Duuuuuu kannst es wieder«, wiederholte sie. Diesmal weniger als Frage. Ihre Hände umfassten meine Oberarme und sie drückte mir einen dicken Kuss auf die Stirn. »Oh, Baby, das freut mich so für dich. Du hast wieder zu dir gefunden.« Sie zog mich in eine feste Umarmung, die mich beinahe erstickte. Ich wusste nicht, was ich darüber denken sollte. Meine Emotionen waren weit entfernt von Freude, aber ich konnte nicht leugnen, dass meiner Seele ein Puzzleteil gefehlt hatte in den letzten drei Jahren. Ich hatte nur nie den Mut gehabt, danach zu suchen.

»Nicht mal der verfluchte *Dalai Lama* wäre imstande, dir deine Gabe zu nehmen. *Du* warst es, die sie nicht mehr wollte. Verdammt, ich wusste es! Wie war es? Wer war es? Wie war das für dich?« Hailey winkte dem Kellner zu und bestellte über die Distanz eine neue Runde.

»Ein kleiner Junge. Er hatte Schmerzen, konnte nicht atmen.« Ich rieb die Finger aneinander und mein Silberschmuck knirschte. »Badezimmer, Nachthemd, maximal zehn Jahre alt.« Noch einmal konnte ich ihn vor mir sehen. Sein schmerzverzerrtes Gesicht, den bebenden kleinen Körper.

»Wurde er erwürgt?«, fragte Hailey.

»Hab ich auch schon vermutet. Keine Würgemale.«

»Totgeprügelt?«

»Keine sichtbaren Wunden oder Hämatome.«

»Hyposphagma?«

»Was für Zeug?«

»Bindehauteinblutung. Allerdings stirbt man daran normalerweise nicht. Irgendeine Gewalteinwirkung muss es gegeben haben.«

Ich klapperte gerade die sechste Adresse von Hailey im Umland ab. Niemand kannte Sally oder ihr Haus oder hatte je von Thirsty Oaks gehört. Wenn ich noch mehr Kröten in Gläsern oder abgehackte Vogelfüße sehen würde, müsste ich mich übergeben. Doch dann kam *Mademoiselle Papillon*. Ihr Heim stand mitten in einem kleinen Ort, der aus vier Häusern bestand und augenscheinlich nicht einmal einen Namen hatte. Es war schmaler als die anderen und ein breites Holzschild mit einem Schmetterling hing über dem verdunkelten Schaufenster.

Ich versuchte mich an der Tür. Sie war nicht verschlossen und ein beißender Schwefelgeruch prallte gegen mein Gesicht. Der kleine Laden stand voller Bücher. *Weiße Magie, Schwarze Magie, Flüche.* Dazwischen ein paar Tränke mit Preisschildchen daran und Räucherstäbchen. Auf dem Tresen prangte eine ausgestopfte Krähe.

»Mademoiselle? Jemand da?«, fragte ich und hörte irgendetwas im Hinterzimmer blubbern. Wahnsinn. Wie in einer skurrilen Geschichte von *Edgar Allan Poe.*

»Sei gegrüßt, Mädchen.« Ein gebücktes Mütterchen kam hinter einem der Kartenständer mit okkulten Symbolen und Runen hervor. Es ging mir kaum bis zur Brust und musterte mich aufmerksam. Mademoiselle Papillon hatte eindeutig mehr von einer Hummel, als von einem Schmetterling. Ich konnte mir kaum vorstellen, dass sie diejenige gewesen sein sollte, die Sallys Haus verflucht hatte. Diese nette Omi?

»Du bist nicht wegen der Karten hier«, sagte sie. »Und auch nicht wegen der Hände. Aaaaah. Schöne Hände.« Ihr französischer Akzent war bezaubernd. Sie kam zu mir herüber und nahm meine Finger in ihre faltigen Hände. Ich hatte absolut keine Ahnung, was sie meinte, aber auch nicht den Eindruck, als wollte sie sich mir erklären.

»Aha«, machte sie. »M-hm.«

»Ich bin hier, weil ich …«, begann ich.

»Du kannst *sehen* «, sagte die alte Dame abrupt und starrte mit ihren hellen Augen in meine. »Und sie folgen dir … Ich kann dir dabei helfen, mein Kind.« Sie ging hinüber zu einem der Regale und suchte die Etiketten der Tränke ab. »Ach, Kind, es ist beflügelnd, mal wieder eine Schwester zu treffen. Es ist lange her, dass ich …«

»Ich bin wegen Sally Stanson und ihrer Familie hier. Waren Sie bei ihnen auf dem Anwesen?«, unterbrach ich sie und sie erstarrte in der Bewegung. Oh ja, sie war es. Ich hatte sie gefunden und befürchtet, dass sie mein Anliegen nicht besonders gut aufnehmen würde, aber die Kälte, die sich jetzt von ihr ausgehend durch den Raum fror, ließ mich beinahe die Flucht ergreifen.

»Du solltest besser gehen.« Ihre Stimme hatte schlagartig eine viel zu große Kraft für diesen gebrechlichen Körper. Sie drehte sich weder um, noch neigte sie den Kopf, um mich anzusehen. Starrte einfach nur geradeaus in ihr Regal.

»Hören Sie, ich bin hier, um der Familie zu helfen. Auch wegen der Kinder, ich …«

»VERSCHWINDE!«

So viel zu der Schwester im Geiste.

»Wenn dir dein Leben lieb ist, halt dich von dieser Familie fern! Du kannst ihnen nicht helfen. Hilf lieber dir selbst!«

»Sally ist der Meinung, Sie haben sie verflucht«, wagte ich mich nach vorn und musste im nächsten Moment den Kopf einziehen, um einem Trank auszuweichen, der neben mir in das Räucherwarenregal einschlug.

»RAUS!«

Als ich wieder auf mein Motorrad stieg, meldete sich mein Handy. Ich suchte fluchend in der Tasche meiner Jeans danach. Das war ja wirklich ein Erfolg. Ganz toll! Mademoiselle Papillon mit den Schwingen einer Furie.

Auf dem Bildschirm prangte eine WhatsApp von Hailey:

Pindon! Der Junge wurde vergiftet. Ich melde mich, sobald ich mehr über das Haus weiß.

11. DIE NACHT IST VOLLER STIMMEN

Trotz der Warnung der entzückenden Mademoiselle Papillon hatte ich noch am selben Abend eine Tasche mit Dingen gepackt, die mir in der Nacht aller Nächte nützlich sein würden. Ich konnte mir nicht vorstellen, dass die greise Französin die Aktivitäten im Haus der Stansons ausgelöst hatte. Wenn in diesem Anwesen tatsächlich jemand ein Kind vergiftet hatte, brauchte es keinen Fluch, um seine Energie zu verdunkeln. Etwas Schreckliches war dort geschehen und alle Boshaftigkeit schien von der schwarzen Frau auszugehen, die es auf die kleine Maja abgesehen hatte. War es wirklich das gleiche Wesen wie im Wistman's Wood? Ich musste schleunigst etwas unternehmen.

Ozzy schimpfte in seinem Baumloch wie ein quietschender Gummiball. Wahrscheinlich hatte er sich wieder mit einer Maus in den Haaren. Ich wollte gar nicht wissen, was alles so aus diesem Baum kroch, wenn ich nicht zu Hause war.

Als ich meine letzten Tai-Chi-Übungen beendet hatte und meine Energie sich stark genug anfühlte, dämmerte es draußen bereits. Die Traumfänger waren vollkommen unbewegt, als ich das Haus verließ. Es war so windstill, wie ich es seit Ewigkeiten nicht erlebt hatte. Einen Moment verharrte ich noch auf der Terrasse. Dann war ich bereit.

Bereit für alles, was mir in dieser Nacht begegnen würde.

Thirsty Oaks war so ruhig wie der Tod. Keine Eulen, kein Wind, keine singenden Jungs, die sich im Wald herumtrieben. Stanson Mansion thronte auf ihrem Hügel wie ein dunkles, schlafendes Ungetüm. Sally und die Kinder hatten bereits gepackt und erwarteten mich vor dem Haus.

»Ich bin mir nicht sicher, ob das eine gute Idee ist.« Sallys Stirn war voller Sorgenfalten.

»So oder gar nicht, Mom«, sagte Lucas. »Diese eine Chance haben wir noch, das Haus zu behalten. Wenn es jemand schafft, dann Amber.« Er zwinkerte mir zu und ich zwinkerte zurück.

»Ich weiß nicht.« Sally musterte mich.

»Doch, das tun Sie. Die da bestätigen es mir.« Ich deutete mit dem Kopf zu den Koffern hinüber.

Sie seufzte ertappt. Hinter uns rollte bereits ihr Fahrer die Auffahrt hinauf.

»Meinen sie, Sie können uns dieses Monster vom Hals schaffen?« Ihre zitternde Hand gab mir die Hausschlüssel.

»Ich tue mein Bestes.«

Als sie davonfuhren, winkte Lucas mir durch die Scheibe. Maja klammerte sich die ganze Zeit über an ihn. Der Motor des Wagens wurde leiser und leiser, bis er vollkommen verstummt war und ich für eine Weile in die Ruhe hinein lauschte. Dieser Boden, diese Gegend. Das alles fühlte sich heute düster und mächtig an.

Gerade wollte ich mir eine Zigarette anzünden, da kratzte etwas auf der anderen Seite des Hauses über den Boden. Ich hörte es nur, weil die Umgebung so verdammt ruhig war. Ganz langsam bewegten meine Stiefel sich durch das Laub. Da, wieder dieses Kratzen. Ich wartete, lauschte. Und als ich gerade um die Ecke biegen wollte, rannte Noah beinahe in mich hinein. »Was zum ...« Ich starrte ihn fassungslos an. »Was machst du hier? Ihr habt hier nichts zu suchen, wenn ich arbeite.«

»Ich bin allein.« Seine Augen wirkten bekümmert. Er fuhr sich durch das dunkle Haar und blickte mit schmalen Lippen zu mir hinunter.

»Ja, toll. Du bist allein, ich bin allein. Und wir stehen auf dem Grundstück eines Hauses, in dem wir nicht zusammen allein sein sollten. Das hier ist mein Allein, verstanden?«

»Amber.« Seine Stimme klang beinahe flehend. Das war nicht der Noah, den ich kannte. »Ich bin nicht hier, um dir das kaputt zu machen. Ich möchte nur ... Ich ...«

»Was willst du, Noah?« Ich stemmte die Hände in die Hüften. Nicht hier, um mir das kaputt zu machen?

Er war auf einem guten Weg dorthin.

»Bobby ist verschwunden«, platzte es aus ihm heraus und er begann, nervös auf und abzugehen. »Ich weiß, du magst ihn auch und es ist jetzt schon der dritte Tag. Er ist einfach verschwunden.«

Warum machte das einen so anderen Menschen aus ihm? Was rechtfertigte diese übertriebene Sorge?

»Er ist genauso erwachsen wie du. Vielleicht hatte er es einfach satt? Was hast du wieder angestellt?« Es wäre nicht der erste Mitarbeiter, den Noah in die Flucht schlug.

»So ist es nicht. Es ist dieses Haus, Amber. Wir haben bei unseren Aufnahmen eine Stimme gehört, die seinen Namen sagte. Wieder und wieder. Irgendetwas hat ihn sich geholt.« Er wischte sich mit den Händen über das Gesicht. »Es war ein solcher Fehler, hierherzukommen.«

Etwas in mir sackte tief hinunter in meine Eingeweide. Noah tat das hier schon sehr lange und er würde solche Vermutungen nie grundlos treffen.

»Du bittest mich um Hilfe«, stellte ich fest, nicht ohne die Gänsehaut zu registrieren, die sich auf meinen Armen ausbreitete.

»Wir können ihnen nur zuhören, du kannst mit ihnen sprechen. Bobby ist mein Freund und wenn du da drin irgendetwas erfährst, das uns helfen könnte, bitte ich dich eindringlich, mir das mitzuteilen.« Es war befremdlich, diesen großen Mann so klein zu sehen.

»Amber, bitte! Hier geht es nicht um unsere Differenzen, sondern um Bobby.«

Ein paar Atemzüge lang sahen wir einander nur an. Seine breite Brust hob und senkte sich. Schließlich tasteten sich meine Augen zum Horizont. »Die Sonne ist fast verschwunden. Du solltest jetzt gehen.« Bevor er etwas erwidern konnte, drehte ich mich um und bog um die Ecke. Meine Schuhe trafen dumpf auf das Holz der Terrasse und ich schob den Schlüssel in das Schloss. Als ich nach der Tasche griff, atmete ich langgezogen ein und aus. Tief in mir breitete sich etwas aus. Etwas wie Angst und es war alles andere als gut, dieses Haus mit Angst zu betreten. Ich hörte die Tür von Noahs Auto und den anspringenden Motor. Es dauerte ein paar Minuten, aber als er verschwunden war, öffnete ich die Tür und ließ mich von der Eingangshalle verschlucken.

Das Haus war noch stiller als der Ort, an dem es sich befand. Die Figuren über dem Kamin starrten mich an, der rechte Flügel war beleuchtet, der linke dunkel. Und die Schatten der Nacht tasteten sich durch die hohen Fenster über das weitläufige Parkett und seine dunklen Adern.

»Mein Name ist Amber. Ich bin hier, um mit euch zu reden.« Meine Stimme klang hohl und verlassen in dem riesigen Anwesen. Auf dem Tisch in der Mitte der Halle zündete ich die Kerzen aus der Tasche an. Sie waren aus einem speziellen Wachs, das das Böse schwächte und guten Seelen Kraft gab, sich zu zeigen. Neben dem Kamin fielen mir ein kleiner Besen und ein Schürhaken auf. In der Mitte des Kaminbestecks prangte eine Lücke.

Sie schienen ihn tatsächlich ab und zu in Betrieb zu nehmen.

Stille.

Ich trat langsam noch ein paar Schritte nach vorn. »Wer mit mir sprechen will, soll sprechen.« Mein Blick glitt über die Geländer und das geschwungene Samt-Sofa neben dem Kamin. Direkt vor mir knackte etwas im Holzboden und ich musste stehenbleiben, um mein Herz zu beruhigen. In dieser Stille war jedes Geräusch so ohrenbetäubend wie ein Kanonenschuss.

»Ich komme jetzt rauf.« Langsam, ganz langsam ging ich auf die linke Treppe zu. Eine Feindseligkeit schlug mir von ihr entgegen, der ich nicht nachgeben durfte. Das war sie. Eine starke weibliche Energie. Sie wollte mich nicht in ihrem Haus. Genauso wenig wie sie Sally wollte. Aber ich war da und ich würde sie finden. Vorher verließ ich dieses Haus nicht wieder. Die Stufen knarrten unter meinen Füßen, meine Hand griff nach dem Geländer. »Ich bin nur hier, um zu reden«, wiederholte ich. Irgendwo setzte der Gong einer alten Uhr ein und hallte durch die Gänge.

Es war punkt Acht.

Der Abend begann.

Während ich die Treppe hinaufging, stellte ich mir vor, wie Sally sie hinuntergestürzt war. Stufe für Stufe, Knochen für Knochen. Als ich oben angelangt war, blieb ich vor dem verschlossenen linken Flügel stehen und spähte durch die Glastür. Der Schlüssel steckte im Schloss.

»Ich weiß, was du mit Sally gemacht hast. Warum hast du das getan?«

Beim Öffnen der Tür wusste ich nicht, ob dieses wehleidige Geräusch von den Scharnieren kam oder aus den Tiefen des finsteren Flures. Eine Minute blieb ich genau da stehen, wo ich war, roch den Staub und spürte das Kribbeln in meinem Nacken, ließ die Energie aus dem Flügel in das Haus strömen. Dann drehte ich mich nach rechts und ging hinüber zu dem bewohnten Bereich. Es war noch nicht soweit. *Sie* war noch nicht soweit. Meine Intuition lenkte mich zum Zimmer von Lucas und Maja. Die Tür war angelehnt. Ich versuchte, nicht an Bobby zu denken, aber das war nahezu unmöglich.

Er ist rettungslos verloren.

Es ist dieses Haus, Amber.

Auf dem Bett von Lucas lag ein Zettel. Dieser kleine Fuchs! Wusste ich doch, dass ich mich auf ihn verlassen konnte. Das Papier sah aus, als hätte er es eilig aus einem Schulblock gerissen. Am oberen Rand waren noch Mathematik-Formeln zu erkennen, die ich schon damals bei unserer unerbittlichen Lehrerin nie verstanden hatte. Darunter stand in krakeliger Jungenschrift:

Besenkammer dunkler Flügel, dritte Tür links.

Unter dem Zettel lag ein verschnörkelter Schlüssel, ein wirklich schönes Stück. »Danke, Kleiner.« Meine Finger umschlossen das kühle Metall, da fiel draußen mit einem Krachen eine Tür ins Schloss, gefolgt von eiligen Schritten hinter der Wand. Nackte Füße rannten den Flur entlang. Mit einem Sprung war ich auf der anderen Seite des Raumes und lauschte. Als wären diese Schritte *in* der Wand. Hin und her, hin und her. Das war absurd. Mein Atem prallte auf die kühle Tapete, als ich mein Ohr an die Wand legte. *Tapp tapp tapp.* Sie kamen näher. Dann war Ruhe. Mein Herzschlag pulsierte dumpf in meinem Innenohr. Dann kratzte etwas unmittelbar neben meiner Wange im Mauerwerk. Wie eifrige Fingernägel, die sich zu meinem Gesicht durchgraben wollten. Ich zuckte keuchend zurück. Was zum … Das Kratzen verstummte und ein lautes Heulen schwoll im Nachbarflügel an. Schwere Schritte. Die Stufen hinunter. Schneller, immer schneller. Ohne zu zögern drehte ich mich um und rannte den Flur entlang bis zum Treppenabsatz. Meine Haut prickelte, aber die Geräusche verstummten, sobald ich die Treppe erreicht hatte. Suchend blickte ich mich um. Nichts. Meine Augen tasteten sich hinüber zu der Tür des dunklen Flügels. Verschlossen. Bei der Wucht dieses Knalles vorhin war ich froh, dass die Scheibe noch intakt war. Ganz eindeutig war ich nicht willkommen. Das Kribbeln wurde stärker, kroch über meinen Hals, lähmte meinen gesamten Körper.

Und dann fuhr es mir so schlagartig durch Mark und Bein, dass ich den Schlüssel fallen ließ. Ein lautes Fauchen direkt in mein linkes Ohr. Meine Beine wuchsen am Boden fest. Der Schlüssel schlug mit einem Scheppern auf dem Holz auf und wurde in der nächsten Sekunde die Treppe hinunter geschleudert. *Klong klong klong.* Bis er auf einer der mittleren Stufen zum Stillstand kam. Mein Körper schlotterte. Dieses Wesen besaß eine

Kraft, gegen die ich schon einmal versagt hatte. Eine dämonische Kraft. Ich hatte keine Ahnung, wie lange ich einfach nur dort stand und mich nicht rühren konnte. Auf jeden Fall zu lange. Der nächste Gong holte mich aus meiner Trance zurück und ich tastete mich nach vorn. Langsam die Stufen hinunter. *Komm schon, Amber! Du bist stark genug dafür. Du bist kein verdammter Feigling!* Ganz vorsichtig. Ich bückte mich, streckte den Arm aus. Krümmte die Finger. Voila, das war es schon. War doch ganz leicht und jetzt … Als ich mich wieder umdrehte, stand sie zwei Stufen über mir und beugte sich zu mir hinunter. Ein zerrissenes, schwarzes Kleid bedeckte ihren ausgemergelten, weißen Körper und unter einem Schleier starrte die Boshaftigkeit aus zwei leeren Höhlen direkt in mich hinein. Entsetzt taumelte ich nach hinten, wollte schreien, aber mein Hals schnürte sich zu. Ich bekam keine Luft, stolperte, klammerte mich an das Geländer. Ihr zerfallenes Gesicht folgte mir, öffnete weit den Mund und schrie mir markerschütternd den letzten Mut aus den Knochen. Mein Herzschlag setzte aus, ich bekam noch immer keine Luft, klammerte mich einfach nur fest, um nicht zu stürzen. Und dann war es vorbei. Sie war so schnell verschwunden, wie sie aufgetaucht war. Nur noch ein dunkles Raunen auf dem Gang des linken Flügels hing von ihr in der Luft. Und meinen Atem hatte sie mit sich genommen. Es war, als hätten sich zwei Hände fest um meinen Hals geschlossen. Ich fiel nach vorn, flach auf die Stufen, würgte und gluckste. Die unsichtbare Schlinge ließ einfach nicht von mir ab. Tränen strömten über mein Gesicht. Meine Fingernägel zerkratzten meinen Hals, ich wurde schwächer. Das Haus verschwamm um mich herum. *Nicht das Bewusstsein verlieren, lass die Augen offen, nicht wegdämmern! Nicht* ... Dann war alles dunkel.

Stimmen umwehten mich. Ein lachendes Kind. Nebelartige Gebilde formten sich zu Menschen. Ein Junge rannte durch einen Wald. Ich hatte diese Bäume schon einmal gesehen. Diese Bäume. »Mama, fang mich doch!« Seine kindliche Stimme verhallte im Nichts.

»Na warte, ich krieg dich!« Eine Frau jagte ihm nach, haschte ihn um die Stämme herum. Eine hübsche Frau mit hohen Wangenknochen und großen Haselnussaugen. Der Junge lachte, rannte vor ihr davon, dann verschwand alles im Dunkel. Nebel. Schlingernde Schwaden.

Wieder formte sich etwas. Ein Raum. Der Junge lag im Bett, hustete. Ich konnte sein Gesicht sehen. Eingefallen und krank. Konnte Sorge fühlen und Leid. Das Leid einer Mutter, die ihr Kind verlor.

Das traumartige Nichts formte sich zu lauten Stimmen. Ein Mann und eine Frau schrien sich an. »Wie konntest du das tun? Das ist deine Schuld, du elender Bastard!« »Ich wollte das nicht.« »Wie konntest du nur?« Ein herzzerreißender Schrei, gefolgt von einem Knall.

Dann zog das Nichts als dunkler Schatten vorbei. Ein Kleid, Blumen, Blätter, alles wirbelte durcheinander und war im nächsten Moment für immer fort.

Bumm bumm bumm, das war mein Herz. Ich fühlte meinen Puls. Mir brannten die Augen, als ich versuchte, sie zu öffnen. Metallischer Geschmack in meinem Mund. Ich musste mir auf die Zunge gebissen haben. So viel Taubheit und Schmerz zugleich. Die Holzstufen unter meinen Fingernägeln, da war die Treppe, da das Haus und meine Seele, die es in zwei Teile zerriss. Mühsam drückte ich mich nach oben, betastete meinen Hals. Alles tat weh, aber ich konnte wieder atmen. Woher kam dieses Leid? Dieses furchtbare Leid. Ich konnte es kaum ertragen und kauerte mich auf der Treppe zusammen, um bitterlich zu weinen.

Aufhören konnte ich erst, als dieses Geräusch einsetzte. Was war das? Wasser? Es klang wie ein Fluss. Ein Fluss in einem Haus? Wie war das möglich? Langsam zog ich mich am Geländer hoch, schniefte und schluchzte, folgte dem Rauschen in den rechten Flügel hinein. Ich war so durcheinander, dass ich gar nicht erkannte, vor welche Tür es mich geführt hatte. Erst als ich sie öffnete, kam die Erinnerung zurück. Das Badezimmer. Ich lauschte in den dunklen Raum hinein, suchte nach dem Lichtschalter. Meine Schritte platschten nach vorn. Da war Wasser, viel Wasser. Es fühlte sich an, als wäre das komplette Zimmer kurz vorm Untergehen. Meine Finger fanden den Schalter und in dem Moment sah ich, was da aus dem Hahn der Badewanne hinausströmte und einen riesigen See über die Fliesen ergoss. Was meine Füße da bedeckte und die hellen Wände in einen wabernden Bronze-Schimmer tauchte. Das war kein Wasser, es war Blut.

12. Das Geheimnis von Stanson Mansion

Mit zitternden Fingern schob ich den filigranen Schlüssel in das Schloss der Besenkammer, musste aufpassen, dass ich ihn nicht fallenließ. Draußen dämmerte es bereits und das blaue Licht des jungen Tages kroch von der Halle über den Gang.

»Mach schon«, zischte ich. »Mach schon!«

Dann ein Klacken und die Tür sprang auf. Ein Geruch nach altem Papier und Holz schlug mir entgegen. Das erste, was ich sah, war dieses gewaltige Fenster aus buntem Glas wie das eines Gotteshauses. Mehr und mehr glaubte ich, das Anwesen könnte einmal die Funktion einer Kirche besessen haben. Alte Kartons und Holzkisten stapelten sich bis unter die Decke. Ein großes Schaukelpferd starrte mich aus seinem Nest aus Spinnenweben heraus an. Noch immer fühlte ich mich ganz benommen. »Was willst du mir zeigen, Lucas?« Aufmerksam trat ich tiefer in den Raum hinein, der

mehr einem ganzen Dachboden glich als einer Besenkammer. Scherben knirschten unter den Sohlen meiner
Stiefel und als ich den Blick senkte, starrte mein Gesicht
aus etlichen scharfkantigen Teilen zurück. Ein kaputter
Spiegel … Großartig. Regen sprühte gegen die hohe
Scheibe, begleitet von einem böigen Wind, der die Eingeweide des Hauses zum Knarren brachte.

»Lucas, wo soll ich hin?«, flüsterte ich in die Leere.
Warum hatte er mir diesen Schlüssel zukommen lassen?
Was sollte ich hier? Er durfte jetzt nicht meine Zeit
verschwenden, Sally würde in ein paar Stunden zurück
sein. Während ich auf meiner Unterlippe kaute und die
immer gleichen Kartons anstarrte, wurde ich langsam
ungehalten. Was hatte er denn gedacht? Ein Raum,
randvoll mit Kisten … Wann sollte ich denn finden, was
er mir zeigen wollte? Zu Weihnachten? Er hätte ja we-
nigstens mal … *Kling.*

Ich hielt die Luft an. Was war das?

Kling klong.

Das waren Töne. Musik. Metallisch …

Kling.

Wie die einer Spieluhr!

Ich lauschte ins Nichts, fühlte meinen Atem, reckte den
Hals. »Nicht aufhören!«

Meine Finger tasteten sich behutsam um die Kartons
herum. *Klong Kling Klong.*

Das Lied nahm an Tempo auf, die Spieldose spielte
wie von allein ihr trauriges Lied und ich konnte die
kindliche Stimme von Aiden dazu singen hören. Zi-

schend sprühte der Regen gegen die Scheibe. Das bunte Fenster zeigte eine Abwandlung des Abendmahles. *Kling kling klang.*

Es klang so weit weg wie in einem anderen Raum. Mit dem Ohr an einem der Kartons wurde es klarer. Die Spieluhr war dahinter. In der Wand? Wie konnte das sein? Welchen Sinn sollte das denn haben? Eilig griff ich mir den ersten Karton. Schwer. Verdammt schwer! Beinahe wäre ich nach hinten gekippt. Der nächste war leichter. Und noch einer und noch einer. Die Melodie wurde lauter. Und dort stand sie. Vor einer kleinen Holzklappe in der Wand und spielte von ganz allein. Die bunten Figuren tanzten unbeschwert um den Apfelbaum herum. Da das Mädchen mit den roten Bäckchen und der Hund. Und der Junge, der einen Apfel aß. Die schmale Klappe war selbstgebaut. Was wollte Lucas da verstecken und vor wem?

Ich zerrte an dem Holz. Es war rau und ich zog mir einen Splitter unter den Fingernagel. Die Spieluhr spielte immer schneller und schneller und dann ... kam mir das Stück Holz entgegen und die Melodie verstummte.

Hinter der Klappe war ein schmaler Spalt in die Wand gehauen und ich zögerte. Was wenn dort drin eine Schlange wohnte oder etwas noch viel Schlimmeres? Wieder drückte eine Böe gegen das Fenster. »Scheiß drauf!« Ich krempelte den Ärmel hoch, verzog das Gesicht und griff hinein, so tief es ging. Der Stein lag kalt an meinem Arm an, meine Haut durchstieß Spinnenweben und Mörtel bröselte durch meine Finger. Aber da ... Was war das? Ein Stapel Zettel? Ich griff danach und zog den Arm wieder aus dem Loch. Eine Spinne bahnte sich aufgebracht ihren Weg über meine Hand. Ich ließ sie sich auf eine Kiste retten.

Kleine Freundin.

Die Staubschicht auf dem Stapel Papier war so dick, dass bloßes Pusten nicht reichte, um sie zu entfernen. Mit Sicherheit waren diese Dinge schon seit Jahren hier versteckt. Bei näherer Betrachtung erkannte ich, dass es sich hier gar nicht nur um Staub handelte. Da war auch Asche. Jemand hatte schon einmal versucht, die Papiere zu verbrennen. Als ich mit dem Arm darüber wischte, kam eine Frau zum Vorschein. Fotos. Das waren alte Fotos. Diese Frau hatte ich schon einmal gesehen. Hohe Wangenknochen, glänzende braune Augen. Unbeschwert lächelte sie in die Kamera. Hinter ihr die Apfelbäume aus dem Garten. Behutsam drehte ich das Bild in der Hand. *Alice, 2002,* stand darauf.

Alice … das war die Frau aus meiner Vision, ohne Zweifel. Sie hatte also vor Sally und ihrer Familie hier gelebt. Das nächste Bild zeigte Alice mit einem großen Mann, der sie in den Arm nahm. Die Ähnlichkeit fiel mir sofort auf, aber ich sah mir trotzdem die Rückseite an. *Dad.* Das war Lucas' Schrift. Alice und Sallys Mann? Die beiden sahen sehr glücklich aus. Ratlos drehte ich das Bild zwischen den Fingern. Was hatte das alles zu bedeuten?

Der Regen sprühte unaufhörlich gegen das Abendmahl im Kirchenglas, das bereits etwas heller geworden war. Der Tag tastete sich mehr und mehr in die Leere der Nacht hinein.

Sally hatte mir gesagt, er sei ihr Mann gewesen. Wieso? Während ich an dem Stapel Fotos drehte, rutschte etwas aus der Mitte heraus und glitt zu Boden. Meine Augen folgten dem dünnen Papier. Ein Zeitungsartikel. Auch er war offenbar gerade so einem Feuer entkommen. Die Seiten waren verschmort und die Schrift schwer zu lesen.

Familiendrama im Garner-Haus war die Überschrift. Darunter ein Foto von Stanson Mansion. Das Anwesen wirkte heller und gepflegter. Das Datum des Artikels war gerade noch so zu erkennen. *12.11.2004*

Die Vorfälle im Garner-Haus bei Thirsty Oaks brechen nicht ab. Nach dem rätselhaften Tod des jungen Sohnes Thomas Garner, 1994-2003, hat sich dort in der letzten Nacht erneut ein Drama zugetragen. Der Herr des Hauses, James Garner, hat wohl offenbar kurz nach Mitternacht seine Frau Alice Garner mit einem Schuss in die Brust getötet und kurz darauf sich selbst. Der zweite Sohn der beiden, Aiden Garner, 2, wurde bei seiner Großmutter untergebracht. Das Kindermädchen der Familie, Sally Stanson war Zeugin des schrecklichen Vorfalles und befindet sich bis auf weiteres in psychologischer Behandlung. Begraben werden sollen die Eltern bei ihrem kleinen Thomas in seinem Lieblings-Eichenwäldchen am Ortseingang.

Ich rutschte langsam auf die Knie, starrte verblüfft auf den Zettel in meinen Händen, versuchte, all das zu ordnen. James Garner war nicht Sallys Mann gewesen, sondern der von Alice. Sally war nur ihr Kindermädchen. Ich wischte mir mit der staubigen Hand über das Gesicht. Was war hier nur passiert? Was war hier Furchtbares passiert?

Thomas Garner … Der kleine Junge, den ich im Badezimmer gesehen hatte. Alices Sohn und Sallys Schützling. Er war gestorben. Begraben unter den kahlen Eichen bei den Eulen. Lag aus dem Grund so viel Traurigkeit in dieser Gegend?

Pindon. Der Junge wurde vergiftet, sah ich Haileys Nachricht noch einmal vor Augen. Hatte Alice ihn vergiftet? Ihr eigenes Kind? Und Aiden Garner? Aiden? War das möglich? War der autistische Junge, den ich im Wald gesehen hatte das letzte Mitglied der Garner-Familie? In meinem Kopf rasten die Gedanken wie in einem Bienenstock. Was war hier geschehen? Was war hier nur geschehen? Kopflos blätterte ich die anderen Bilder durch. Alice mit einem Baby im Arm, Thomas an der Hand. Alice mit Sally. Sie saßen auf einer Bank im Garten nebeneinander wie gute Freundinnen, beide den gleichen Blumenkranz im Haar. Sally sah jung aus und streckte dem Fotografen die Zunge heraus. Ob James dieses Bild gemacht hatte?

Bei dem nächsten Bild stockte ich. Pater Jonas am Tisch im *Thirsty Blokes*. Neben dem Pater saß der kleine Thomas, beide hatten einen Milchshake vor sich und zeigten einen Daumen nach oben. Thomas sah gesund aus und strahlte wie ein Honigkuchenpferd. Gesund. Vollkommen anders als hinter dieser Badewanne, wo er mir begegnet war. Oder im Bett in der Vision, in der er sein Leben ausgehaucht hatte. Armer Schatz! Was war ihm nur geschehen? Alice war gerade noch so am Rand des Bildes zu sehen mit einem Baby-Tuch umgewickelt.

Wieder breitete sich diese Traurigkeit in mir aus. Es war ihre Traurigkeit, das war mir jetzt klar. Ich ließ die Bilder in den Schoß sinken und fiel in mich zusammen.

»Alice«, sagte ich erstickt. »Bist du hier? Ich kann dich spüren. Lass mich damit nicht allein. Was ist hier passiert?« Bis auf das stetige Geräusch des Regens gegen die hohe Scheibe war das Haus vollkommen still.

Eine Stille voller Schwermut.

Wieder der Gong der Uhr.

Kälte kroch mir in den Nacken und über die Hände, als schleiche sie wie Nebel über den Boden. Wabernd kam sie näher und hüllte mich in ihren betäubenden Kokon. Die Bilder rutschten mir aus den Fingern, und als ich mich umdrehte, stand die weiße, ausgemergelte Figur von Thomas in der Tür und starrte mich an.

Blut lief ihm aus der Nase am Kinn hinunter und tropfte auf den Boden zu seinen Füßen, um kurz darauf zu verschwinden. »Thomas«, sagte ich liebevoll. »Ich habe dich gesehen. Früher mit deiner Mom. Ihr habt im Wald gespielt. Das war sicher schön.«

Der Ausdruck in seinem Gesicht änderte sich nicht. Ich hörte das Tropfen des Blutes auf dem Holzboden.

Langsam drückte ich mich nach oben. »Wer hat dir das Gift gegeben, Thomas? War das deine Mutter?« Als ich behutsam in seine Richtung ging, trat Wut in seinen Blick. Und dann, mit einer ruckartigen Bewegung des Armes, zeigte er den Gang hinunter. Er starrte mich dabei direkt an, um sich kurz darauf im Nichts zu verlieren. Sein Blick blieb. Noch lange würde ich diesen Blick vor Augen haben. Voller Enttäuschung und Verdruss.

Ich stolperte über die Schwelle, auf der er gerade noch gestanden hatte hinaus auf den Gang und drehte suchend den Kopf. Eine der Türen war angelehnt. Ein Schlafzimmer. Das Schlafzimmer aus meiner Vision.

Noch während ich die Tür aufdrückte, sah ich die schwarze Frau in der Ecke hinter einem Bett stehen. Sie stand einfach nur da und rührte sich nicht. Ich blieb auf der Schwelle, mein Herz raste. Beinahe konnte ich noch einmal fühlen, wie sie mich gewürgt hatte. Mein Hals trocknete Zentimeter für Zentimeter weiter aus wie ein Kadaver in gleißender Wüstensonne. Und dann begann sie, sich zu rühren. Sie kam auf mich zu. Mit langen, bedächtigen Schritten. Um das Bett herum, näher und näher. Ihr Kleid wehte mit der Bewegung. Nackte Füße auf glattem Holz. Ich wollte zurückweichen, aber da stand sie bereits vor mir. Eine ganze Weile sah sie mich nur durch ihren Schleier hindurch an, dann kam ein tiefes, trauriges Seufzen aus ihrem blassen Körper und ihre knochige Hand bewegte sich langsam nach oben. Nah an meinem Gesicht vorbei. Es fühlte sich an wie Eiskristalle auf meiner Wange.

Meine Hände zitterten, das konnte ich spüren, genau wie ich ihre Kraft und Verzweiflung spüren konnte. Stück für Stück lüftete sie ihren Schleier, ließ mich dabei nicht aus den Augen. Ihr spitzes Kinn, die hohen Wangenknochen und haselnussbraune Augen. Alice. Hatte sie ihr Kind vergiftet? Ich brachte kein Wort heraus. Ihr kalter Atem prallte gegen meine Lippen. Dann wich sie zurück, breitete die Arme aus und verschwand einfach so in hellen Schwaden aus Rauch. Dieser Dampf verteilten sich im Raum, formte erneut Gebilde, nein, Bilder.

Ich erkannte Sally. Sie stand am Fuß des Bettes, vor ihr Alice mit einem großen Messer in der Hand. »Du hast meinen Jungen umgebracht, gib es endlich zu!« Alices Stimme verhallte im Nichts, hinterließ Verzweiflung und Hass.

»Ich habe nichts getan, Alice. Bitte beruhige dich!« Sally hob beschwichtigend die Arme, helle Schwingen folgten ihrer Bewegung. Das hier waren Bilder. Visionen aus einer anderen Zeit. Alice hob einen Gegenstand und hielt ihn ihr unter die Nase, etwas wie ein Gläschen. »Du hast ihm das in den Tee gemacht. Ich habe es gesehen, du Schlange! Du MÖRDERIN!« Sie warf Sally das kleine Glas ins Gesicht. »Warum hast du das getan? Warum?« Sie schrie Sally an und ihre Stimme war eine Mischung aus Kreischen und Weinen. »Musste er sterben, weil er gesehen hat, wie du meinen Mann fickst? Hattest du Angst, er könnte es verraten? Bist du deshalb zur Mörderin geworden? Hast du deshalb mein Baby getötet?« Alice hob das Messer vor ihre Brust. »Ich werde dich aufschlitzen! Und in der Hölle werden sie dich zerfleischen, du Ehebrecherin und Kindsmörderin!« Sie ging auf Sally zu, die auf dem Boden kauerte, die Augen weit aufgerissen und die Hände schützend vor dem Gesicht. »Nicht! Denk an Aiden! Du hast noch ein Kind.«

»Was ist hier los?« James ging einfach durch mich hindurch in den Raum hinein. Seine Konturen zogen nach wie seichter Nebel und ich stützte mich an dem

Türrahmen ab. Es raubte einem Kraft, wenn sie das taten, aber er hatte mich nicht bemerkt. Das hier war keine Begegnung, es war ein Schuldbeweis. Alice zeigte mir, dass Sally schuldig war.

»James«, jammerte Sally verzweifelt. »Tu doch irgendetwas!«

Alice holte bereits aus. Sie würde es tun, ohne Zweifel. Sally hatte ihr Kind elendiglich sterben lassen, unter Qualen …

James wirkte hilflos, wusste nicht, was er tun sollte, das konnte ich fühlen. Dann zog er eine Pistole und richtete sie auf Alice. »Bitte, Schatz, leg das Messer weg!«

Für einen Moment war alles still. Alice drehte den Kopf in unsere Richtung. Ich stand direkt hinter ihm. Verurteilung lag in ihrem Blick. Dieses Wort. *Schatz* … Ihre Verachtung galt ihm und seiner ganzen Bedeutung. Wertlos und verlogen.

»James … Tu es! Tu es für unser Kind!«, presste Sally zwischen den Zähnen hervor. Ihr ganzer Körper bebte vor Angst.

Das hätte sie wohl besser nicht getan. Alices Körper straffte sich. Jeder Muskel in ihr wurde zu Stein. Tränen der Abneigung standen in ihren Augen, während sie James anfunkelte. »Sie ist schwanger? Wie konntest du das tun?« Ein Laut der Verzweiflung kam tief aus ihrem Körper heraus. »Ich habe mein Kind zu Grabe getragen, weil deine Schlampe es umgebracht hat. Wie konntest du nur? Wie konntest du das nur tun, du Bastard?«

»Was redest du da? Thomas war krank. Sally hat nur versucht, ihm zu helfen.« James Hand mit der Waffe zitterte. Alice lief mit dem Messer im Kreis und raufte sich die Haare. »Du … Sie … Mein Baby … Mein Baby … Mein Baby!« Mit einem Sprung kam sie auf uns zu, das Messer hoch erhoben, die Augen aufgerissen. James zog den Arm hoch, ein Schuss löste sich und sie fiel zu Boden wie ein nasser Sack.

Der Schuss verhallte im Raum. Ich konnte ihn auf den Gängen des gesamten Hauses hören und es trieb mir das Entsetzen in die Glieder.

»Oh Gott …« James ließ die Waffe fallen und rannte hinüber zu Alice, die er mitten in die Brust getroffen hatte. Ihr Kopf fiel zur Seite und es war, als starrten ihre leeren Augen mich an. »Nein! Was hab ich getan?« James kniete sich zu ihr, hob ihren schlaffen Körper ein Stück hoch und vergrub sein Gesicht in ihrem Haar. »Alice … was habe ich getan?«

»Das Richtige«, hörte ich Sallys Stimme sagen.

James schluchzte in das dunkle Haar seiner toten Frau. Seine breiten Schultern bebten und dann plötzlich fiel sein Blick auf das Fläschchen. Er schniefte, legte Alice vorsichtig ab und drückte sich nach oben, um hinüberzugehen und es aufzuheben. »Was hat das zu bedeuten?«, presste er durch die gebleckten Zähne. »Was – verflucht nochmal – hat das zu bedeuten?« Seine bebende Hand drückte das kleine Glasgefäß so fest, dass es zerbarst.

»Ich habe dich gefragt …« Mit einem Schritt war er wieder bei der Waffe. »Was zum Teufel …« Er entsicherte sie. »… das zu bedeuten hat. Antworte!« Der Lauf war direkt auf Sallys Kopf gerichtet. Sein Gesicht zu einer wütenden Fratze verzerrt. »Hast du oder hast du nicht mein Kind vergiftet?«

»Ich … ich ...«, stammelte Sally.

»DU SOLLST ANTWORTEN!«

»Ich … Er wollte ihr alles sagen. Er wollte es allen erzählen … Und er sagte, er würde unser Kind hassen. Das sagte er. Er wusste, dass wir ein Kind bekommen, du und ich. Ich hab das für uns getan, James.« Etwas Verrücktes blitzte in Sallys Augen auf.

»Oh Gott …« Tränen rannen über James Wangen. Sein ganzer Körper bebte unter den schweren Schluchzern, die tief aus ihm herausbrachen. »Wie konntest du nur?«

»Jetzt wird alles gut, James.« Sally kroch ein Stück in unsere Richtung, obwohl James noch immer die Waffe auf sie richtete. »Oh Gott«, wimmerte er. »Oh Gott.«

»Komm schon, gib mir die …« Sally streckte den Arm nach ihm aus, aber der Rest ging zu schnell. Seine Hand flog geradezu zu seinem Kopf, er drückte ab und sank zu Boden. Noch bevor er aufschlug, war all das verschwunden und ich stand wieder vor einem leeren Raum. Der Rest war nur Erinnerung, verwoben mit jedem Stein in diesem Haus. Mein Puls vibrierte fest im Körper, Adrenalin flutete jede Pore in mir. Adrenalin und eine Wut, die nicht mir gehörte.

Und Aiden … Ich musste herausfinden, ob Alices letzter Sohn tatsächlich der Aiden aus dem Wald war und das wusste sicher einer am besten … Ein Freund der Familie. Pater Jonas …

13. Spuren im Schlamm

M eine Fäuste hämmerten gegen das nasse Holz. »Bitte! Machen Sie auf!« Ein Rinnsal schlängelte sich an der Front des **THIRSTY BLOKES** entlang. Es regnete unaufhörlich. »Machen Sie auf!«

Mit einem Ruck öffnete sich die Tür vor meiner Nase und ein vollkommen verschlafender Wirt stand vor mir. »Es ist mitten in der Nacht. Was brüllst du denn hier herum wie eine Verrückte?«

»Ich muss mit dem Pater sprechen. Können Sie mir sagen, wo ich ihn finden kann?« Wasser lief über mein Gesicht.

»Pater Jonas?« Das klang verblüfft. »Kanntest du ihn?«

Ich starrte den Mann verwirrt an.

»Ja ... ich habe doch vor ein paar Tagen mit ihm hier Milchshake getrunken.«

»Mädchen …« Sein blindes Auge glänzte stumpf im schwachen Licht des jungen Tages. »Ich führe seit zehn Jahren keinen Milchshake mehr. Hat sich nicht rentiert. Ist halt manchmal im Leben so …«

Ich war fassungslos. »Aber, Pater Jonas …«

»Pater Jonas ist vor dreizehn Jahren von uns gegangen.« Er musterte mich prüfend. Überlegte wahrscheinlich, ob er mich gleich einweisen lassen sollte oder mir besser einfach die Tür vor der Nase zuschlug.

»Nein, das ist nicht möglich. Ich hab doch …« Meine Stimme hauchte jämmerlich ihren Satz aus. Das konnte nicht sein. Ich hatte ihn nicht als Verstorbenen wahrgenommen. Seine Berührung war mir so menschlich vorgekommen. Warm. Wie aus Fleisch und Blut.

War meine Gabe tatsächlich so ins Wanken geraten?

»Möchtest du reinkommen? Ich kann dir einen Tee machen.« Die Güte des Wirts hatte über alles andere gesiegt. »Du bist ganz nass.«

»Nein danke, ich …« Ich war vollkommen durcheinander.

»Das Haus scheint dir nicht zu bekommen, diese … *Stanson Mansion.*« Die letzten Worte sprach er aus wie etwas Abscheuliches und da fiel mir das Foto wieder ein. Sie hatten nicht nur mit dem Pater zusammengesessen, sie hatten *hier* mit dem Pater zusammengesessen.

»Kannten Sie die Garners?«, fragte ich und wischte mir das Wasser aus den Augen.

»Die Garners? Ja, eine tolle Familie … bis diese Stanson kam.«

»Sally?«

»Ja. Sally. Es war hier im Dorf kein Geheimnis, dass sie eine Affäre mit James Garner hatte. Sie trug sie überall stolz vor sich her. Klar, war ja auch ein attraktiver Kerl.« Er spuckte neben mich auf die nasse Erde. Sein Blick verhakte sich in der Vergangenheit. »Ich würde 'nen Besen fressen, wenn sie nichts mit dem Tod der beiden zu tun hat.«

Ich sagte nichts. Das gehörte hier noch nicht her.

»Dieser Aiden. Der Autist, von dem Sie mir erzählt haben. Ist er auch ein Garner?«

»Und wie er ein Garner ist.« Der Wirt kratzte sich an seiner fleischigen Schläfe. »Deshalb hasst sie ihn ja so. Er ist der rechtmäßige Erbe ihres Hauses. Erst hat sie ihn zu den Großeltern verbannt, solange es ging. Aber als sie starben, kam er zurück und sie hielt ihm die Tür verschlossen. Wenn du mich fragst, irgendwie wird sie es noch schaffen, ihn endgültig loszuwerden. Und wenn sie ihn verschwinden lässt.« Er lachte grollend und meine Brust hob und senkte sich unter hektischem Atem. *Verschwinden lässt* ... Als ich mich umdrehte und in den Wald rannte, rief der Wirt mir nach: »Mädchen, es regnet in Strömen, warte doch erst einmal bis es vorbei ist!«

Aber ich hatte keine Zeit dafür. »Aiden!«, rief ich, als ich das Schild zum Ort erreicht hatte. Der Regen prasselte in die kahlen Baumkronen. Eines der Käuzchen durchstieß das anhaltende Rauschen mit seinem Schrei. »Bist du hier irgendwo?« Die Vorstellung, dass er bei diesem Wetter hier draußen schlafen musste, obwohl ihm ein Haus gehörte, widerte mich an. Andererseits war er hier bei seinem Bruder. Bei Thomas ... Als was entpuppte Sally sich hier? Nicht die schwarze Frau war der Dämon in dieser Geschichte, Sally war es.

Der Steinhaufen des Jungen kam in Sichtweite.

Steine stapeln ... Und daneben blitzte etwas matt im Schlamm. Etwas Schmales wie aus Metall. Meine Füße rutschten über den nassen Boden, als ich darauf zu ging. Ich bückte mich, um es näher zu betrachten. Es war die Schaufel von Sallys Kamin. Die Schaufel, die in dem Besteck fehlte. Was zum Henker machte die hier im Wald?

»Ich wollte das nicht«, sagte eine weinerliche Stimme, als ich mich gerade danach bückte. Ich hob erschrocken den Kopf. »Aiden!«

Er sah elend aus. Nass bis auf die Knochen, schmutzig und sein Blick starrte leer auf seine Füße. »Sie hat gesagt, diese Männer würden meiner Mutter etwas antun, würden machen, dass sie geht. Sie sagte, ich soll sie aufhalten, bevor es zu spät ist. Ich wollte das nicht. Wirklich nicht.«

»Welche Männer? Aiden, welche Männer?« Ich wusste weder ein noch aus. War kurz davor, ihn zu packen, aber das war bei einem Autisten keine gute Idee.

»Mädchen!« Der Wirt kam durch die Bäume auf uns zu gestapft. Er trug einen Mantel in seinen Armen.

»Was willst du denn hier draußen? Komm ...« Als er Aiden erblickte, blieb er stehen und starrte von mir zu ihm.

»Aiden, du musst mir helfen! Was wollte sie, das du tust?«, fragte ich und versuchte, ruhig zu bleiben.

»Steine stapeln«, sagte Aiden apathisch. »Ich sollte ihn zu den Frauen bringen und die Schaufel verstecken.«

»Bobby«, hauchte ich. »Passen Sie auf Aiden auf!« Meine Hand griff nach dem dicken Arm des Wirts, während meine Füße wieder begannen, sich zu bewegen. Schneller und schneller. Mein Atem vibrierte unter den Schritten. Das Haar klebte mir im Gesicht. Ich rutschte weg und fing mich wieder. Das Anwesen kam in Sichtweite, ich rannte so schnell, dass mir die Lunge brannte. Die Frauen … Er meinte die Frauen über dem Kamin.

»Bobby!« Die Tür flog auf, als ich mich dagegen warf und im nächsten Moment war ich beim Kamin und kehrte das Holz zur Seite. »Bobby! Bist du da drin?« Verborgen hinter der Asche und dem Holz ertasteten meine Finger eine frisch gemauerte Wand. Ich griff nach dem Schürhaken und donnerte ihn gegen den Stein. Wieder und wieder, aber die Wand gab nicht nach. Das Herz schlug mir bis in den Kopf hinauf und brachte meine Sicht zum Verschwimmen. »Bobby. Hörst du mich?«

»Er ist seit drei Tagen da drin. Ziemlich sicher hört er Sie nicht mehr.« Sally. Sie klang beinahe belustigt.

Mein Magen rutschte mir in die Kniekehlen.

Nein! Bitte nicht jetzt! Ich umfasste den Schürhaken fester und drehte den Oberkörper in ihre Richtung. »Holen Sie ihn gefälligst da raus, Sie kranke Psychopathin!«

»Sie haben den linken Flügel geöffnet, das war keine gute Entscheidung.« Sie schüttelte tadelnd den Kopf und ging einen bedächtigen Bogen auf mich zu, die Hände entspannt in den Manteltaschen.

»Ich warne Sie, legen Sie sich nicht mit mir an!« Ich glitt aus dem Kamin, sprang auf die Füße und schwenkte den Haken langsam zur Seite. »Sie werden Bobby jetzt da raus holen, und zwar sofort!«

»Oh, aber ich hab ihn doch gar nicht dort eingemauert.« Ihre Hand zog eine Pistole aus der Tasche, an deren Lauf sie scheinbar unbekümmert mit dem Fingernagel kratzte, als wollte sie einen Fleck entfernen.

Verdammt!

Ihre Augen tasteten sich zu meinen. »Das war dieser beschränkte Junge aus dem Wald. Er ist gefährlich und gehört eingesperrt.«

Ich schwenkte den Schürhaken auf die andere Seite und legte den Kopf schief. Welche Chance würde mein Spielzeug gegen ihre Schusswaffe haben?

»Ich kann Ihnen jetzt beantworten, warum Alice es auf Ihre Tochter Maja abgesehen hat.« Mein Blick fesselte ihren und ich konnte etwas in ihren Augen vorbeihuschen sehen. Etwas wie Angst. Ganz kurz, aber ich hatte es gesehen.

»Alice«, sagte sie bemüht abschätzig.

»Ja, Alice«, wiederholte ich. Sie sollte ihren Namen hören so oft es ging, sollte ihn in ihre Seele tätowieren und mit sich nehmen, wenn sie zur Hölle fuhr. »Maja ist genauso alt wie Alices Sohn Thomas, den Sie vergiftet haben wie eine Ratte. Acht Jahre alt, Sally. So alt wie Ihr kleines Mädchen.«

»Hören Sie schon auf.« Sie versuchte sich an einem Grinsen, aber ich sah, wie ihre Hände zu zittern begannen. »Das wollen Sie alles aus ein paar Fotos gelesen haben? Für solch eine Unterstellung gibt es keine Beweise.«

»Das ist richtig. Es bleibt wohl unser Geheimnis. Aber Sie werden es in sich tragen wie ein schwelendes Krebsgeschwür bis Sie vor Ihren Schöpfer treten und dafür in der Hölle schmoren. Und glauben Sie mir, ich weiß, dass es eine Hölle gibt. Ich habe sie gesehen.«

Wieder schwenkte ich den Schürhaken. Meine Augen tasteten sich zu dem kleinen goldenen Kreuz um ihren Hals. Ihr Blick flackerte. Sie richtete ungehalten die Waffe auf meinen Kopf. »Lassen Sie jetzt endlich dieses Ding fallen!«

»Wozu haben Sie mich hergeholt? Was dachten Sie, was passieren wird?«

»Sie sollen das Ding fallen lassen und rühren Sie sich nicht vom Fleck!«

»Warum wollten Sie mich so sehr, Sally?« Ich sah sie an und sie mich. Für eine lange Weile. Sie sah so dünn und zerbrechlich aus, ihre Augen waren eingefallen. Was, zum Teufel hatte sie sich von all dem nur erhofft?

»Ich wollte einfach, dass sie verschwindet. Dass Sie sie verjagen. Sie ist ein Dämon und sie haben schon einmal einen Dämon vertrieben, das weiß ich.« Sallys Stimme bebte. Sie starrte entschlossen über den Lauf ihrer Waffe.

»Sie ist kein Dämon. Sie ist eine Mutter, deren Kind getötet wurde. Von Ihnen. Sie beschützt Lucas und Maja vor *Ihnen*, Sally. Ihre eigenen Kinder. Weil Sie eine Mörderin sind. Sie sagen, Aiden sei gefährlich? Sie haben diese Jungs von Ghostmaster hierhergeholt, um einen von ihnen zu töten und es Aiden anzuhängen, einem autistischen Kind. Und dann wollten Sie mich, um für Sie aufzuräumen? Sie haben sich komplett verzettelt, Sie krankes, abnormales Miststück! Sie …«

»HALTEN SIE DIE KLAPPE!«

»Sie wollten Ihren Mord Aiden anhängen, einem Kind – nur um es loszuwerden. Wie klingt das für Sie? Für mich klingt das mächtig gestört.«

»Das hier ist mein Haus«, zischte sie und nahm die Waffe höher, zielte direkt auf meine Stirn. Sie war jetzt nur noch einen Schritt von mir entfernt. Der Schuss würde sitzen. »Unser Haus! Meines und das der Kinder. Was sollte ein Autist mit einem ganzen Haus anstellen?«

»Das hier ist das Garner-Haus. Ihr *Stanson Mansion* können Sie sich in den Arsch schieben!« Meine Stimme bebte vor Wut.

Sie musterte mich, überlegte, was sie jetzt tun sollte. Ihre Augen sprangen hinter mich zum Kamin und dann wieder zu mir, kalt und berechnend. »Ich tue das hier für meine Familie. Ich muss meine Kinder schützen, das verstehen Sie doch, oder? Was würden Sie tun, wenn ich Sie jetzt gehen ließe?«

»Ihnen den Arsch aufreißen«, schnaubte ich.

»Wahrscheinlich würden Sie zur Polizei gehen.« Sie kratzte sich mit der Pistole unterm Kinn. »So wie dieser verfluchte Pater es tun wollte. Meine Kinder zu Waisen machen, mich ins Gefängnis stecken.«

Wieder gefror mir das Herz zu einem kalten Block. Pater Jonas. Hatte sie tatsächlich …

»Ja, ich wollte nur beichten, aber er nahm mir keine Beichte ab. Dürfen die das überhaupt?«, redete sie drauf los, als hätte ich gefragt. »Nein, ich kann Sie nicht gehen lassen«, sagte sie plötzlich. Es war eine Sekunde, in der alles stillstand. Ich konnte in ihren Augen sehen, dass sie abdrücken würde und riss den Arm zur Seite. Die Stange traf auf ihren Handrücken, sie schrie, ein Schuss löste sich und als Nächstes schepperte der eiserne Schürhaken über das Parkett.

Das Haus bäumte sich auf, fiel auf die Seite und der Holzboden rammte hart meinen Rücken, als ich aufschlug. Was jetzt? War ich tot?

Ich hörte meinen Atem, lauter als sonst, drehte mühsam den Kopf. Sally suchte den Boden nach der Waffe ab. Ein schneidender Schmerz fuhr mir in die Seite. »Fuck!« Ich war getroffen, aber mit Sicherheit noch nicht tot.

Da! Die Waffe! Neben dem Kamin. Auch Sally hatte sie entdeckt und warf mir einen funkelnden Blick zu.

Komm schon, Amber! Du wirst nicht sterben! Nicht hier und heute! Unter Schmerzen drückte ich mich nach oben, machte einen großen Sprung in Richtung des Kamins und hatte das Gefühl, mein Oberkörper würde dabei in zwei Teile zerreißen. *Nicht das Bewusstsein verlieren!*

Meine Hand griff nach der Waffe, aber Sally war ebenfalls am Ziel. Ihr spitzer Absatz trat fest auf meinen Arm und ich zog ihn aus Reflex zurück.

Scheiße, tat das weh!

Im nächsten Moment lag ich rücklings vor dem Kamin und sie stand über mir mit der Waffe in der Hand.

»Sie werden Bobby bald wiedersehen, Amber Woods. Sagen Sie ihm liebe Grüße!« Ihr Finger bewegte sich langsam an den Abzug. Ich schloss die Augen, wartete, hörte meinen Herzschlag in den Venen pochen. Spürte meinen Atem in der Lunge. Dann war es jetzt wohl vorbei. Das war's. So ging es also zu Ende.

»Sally«, sagte eine feste Stimme plötzlich. Eine bekannte Stimme … Fragend öffnete ich ein Auge. War ich noch am Leben? Helles Sonnenlicht flutete die großen Fenster und landete in breiten Strahlen auf dem Parkett zu meinen Füßen. Sally hatte den Kopf zur Seite gedreht. Sämtliche Farbe wich ihr aus dem Gesicht und sie taumelte keuchend ein Stück zurück. Zwischen den Lichtbalken bewegte sich eine Gestalt auf uns zu. Bedächtig. Erhaben.

»Pater … Das … Wie ist das möglich?« Sally war bis ins Mark erschüttert. Sie stolperte so lange zurück bis ihre Füße gegen die Treppe stießen und sank verblüfft auf die untere Stufe.

»Du hast Blut an deinen Händen, mein Kind.« Pater Jonas schritt zu ihr hinüber und faltete die Finger. »Wie viele Menschen willst du noch in diesem Haus festhalten?«

»Das kann nicht … Sie sind nicht real.« Sally klammerte sich an das Geländer und spähte mit großen Augen hinter ihrem Arm hervor.

»Nein, das bin ich nicht«, sagte der Pater ruhig. Er stand jetzt direkt vor ihr. »Aber das, was ich dir zeigen werde, ist es.« Er legte die Hände auf Sallys Schultern. Für einen Moment wollte sie sich wehren und schlug um sich. »Nein! Fassen Sie mich nicht an!« Dann ebbte ihr Geschrei ab und sie wurde ganz ruhig. Ihre Augen waren leer, starrten auf den nackten Boden und kein Geräusch drang zu uns vor. Wir wurden gehüllt in einen Kokon aus Stille. Staubpartikel tanzten in den breiten Lichtbalken. Es fühlte sich an wie Minuten, in denen Sallys Augen suchend im Nichts umher huschten. Sie sah Bilder, tief in sich drin. Ihre Schultern bebten. Tränen liefen über ihr Gesicht. »Nein«, hauchte sie. »Bitte, nein!« Ihr Körper fiel in sich zusammen. Sie hockte dort, ihre Hände griffen zitternd ins Nichts. Ein Wimmern schwoll in ihrer Kehle an. »Nicht! Bitte!«

»Dir wird vergeben werden. Aber vorher wirst du ihnen in die Augen sehen und es fühlen«, sagte der Pater.

Sally öffnete die geschwollenen Augen und blinzelte ins Licht. An der Tür stand Alice. So wie sie auf dem Foto ausgesehen hatte. Sie hielt die kleine Hand ihres Sohnes und James wuchs über die beiden empor und legte die Arme um sie. Ihre Gesichter waren voll Trauer. Es zerriss mir fast das Herz.

»Nein, bleibt mir fern«, schrie Sally und warf weinend die Arme vor den Kopf. »Geht weg!«

Das Sonnenlicht wurde gleißend hell, ich musste die Augen schließen, um es ertragen zu können.

Als ich sie wieder öffnete, war das Gesicht des Paters über mich gebeugt. Ich fühlte seine Hand auf meiner Wunde. »Das wird in Ordnung kommen, mein Kind. Alles wird in Ordnung kommen.«

Und mit ihm verschwand auch das Licht. Nur die wimmernde Sally blieb übrig, auf der Treppe kauernd und bedauernswert.

Rumms

Die Tür flog auf und krachte mit einem lauten Knall gegen die dahinterliegende Wand.

»Waffe runter!« Vier Polizisten stürmten herein mit ihren Dienstwaffen im Anschlag. Sally warf ihre Pistole widerstandslos vor sich auf den Boden. Sie sah erbärmlich aus. Einer der Männer zog sie hoch und drehte ihr die Arme auf den Rücken. Hinter ihnen kam Bill durch die Tür auf mich zugerannt. »Amber!« Er betastete meine Wunde.

»Aua, lass deine Finger von mir", schimpfte ich, während er mir hoch half und mich stützte. »Was zum Teufel hast du nur wieder angestellt?«

»Bobby«, sagte ich und zeigte auf den Kamin. »Er ist da drin.«

»Bitte was?« Bill drehte den Kopf und starrte mich an.

»Er ist da drin. Ihr müsst ihn rausholen. Sie hat ihn eingemauert.«

»Was zum Henker? Holt den Rammbock!«, wies er seine Männer an und einer von ihnen rannte sofort nach draußen. Auf dem Hof erkannte ich die Rundumleuchten eines Krankenwagens und die der Polizeiautos. In eines davon wurde Sally verfrachtet.

Die Schläge des Rammbocks gegen die Kaminwand waren Musik in meinen Ohren.

Bitte lass es noch nicht zu spät sein! Bitte! Stein bröckelte, ich half, die Brocken beiseite zu räumen.

»Komm da weg, du bist angeschossen.« Bill zog mich zurück. Zwei der Männer manövrierten Bobbys schlaffen Körper aus dem Loch. Ein Sanitäter kam hinzu und fühlte den Puls. Bobbys Haut war weiß mit tiefen, blauen Ringen unter den Augen. Hektisch blickte ich von dem Sanitäter zu ihm und wieder zurück, suchte nach einer Antwort, nach einem Zeichen der Hoffnung. Sie legten ihn auf den Boden und der Sanitäter zog ihm eine Atemmaske über.

»Bobby, komm schon«, flüsterte ich.

»Eins zwei eins zwei.« Der Sanitäter begann mit der Herzdruckmassage. »Eins zwei eins zwei.«

»Komm schon! Mach die Augen auf, komm schon!« Sein Arm zuckte im Takt der Massagestöße. »Bobby, bitte!«

Sie packten ihn auf die Trage und als sie ihn hochhoben, sah ich, wie er die Augen ein Stück öffnete.

»Bereitet den Tropf vor, wir kommen raus«, sagte einer der Sanitäter in sein Funkgerät. Bobbys dunkle Augen sahen mich über die Sauerstoffmaske hinweg an. Müde, aber lebendig. Ich lächelte erleichtert. Er würde es schaffen. Ich konnte es fühlen. Verdammt, ja! Bobby packte das!

»Du kannst gleich mit ins Krankenhaus fahren, Prinzessin. Du siehst aus wie eine Kalkwand.« Bill musterte mich von oben bis unten.

»Ach, Quatsch. War nur ein Durchschuss. Da klebe ich ein Pflaster drauf und gut.« Beim Abwinken zuckte ein beißender Schmerz durch meine komplette rechte Seite und ich unterdrückte ein Aufstöhnen.

»Markier hier nicht den starken Macker und steig in den Wagen, bevor ich dich hinein prügle!« Bill schob mich auf die Tür zu. Ich drehte den Kopf und blickte zurück in das Haus. Es lag ruhig da in all der Aufregung. Beim Hinausgehen riss ich das schmale Holzschild über der Klingel mit der Aufschrift *Stanson Mansion* von der Wand. Das hier war nicht Stanson Mansion, es war das Garner Haus.

»Wer hat euch gerufen?«, fragte ich, als wir durch den Kies auf Bills Wagen zugingen. Er deutete mit dem Kopf hinüber zu den Apfelbäumen. Da drüben standen der Wirt und Aiden. Der stämmige Mann hob die Hand in meine Richtung und ich nickte dankbar zurück.

»Hab durch den Funk einen Notruf aus *Thirsty Oaks* abgehört und sagte so zu mir, Bill, alter Junge, hattest du nicht vor kurzem mit jemandem über das Kaff gesprochen?« Er grinste mich verschmitzt an. »Wirst du mir irgendwann erzählen, was du an diesem gottlosen Ort wolltest?«

»Irgendwann vielleicht.« Ich tätschelte seinen Oberarm und musste fest die Zähne zusammenbeißen.
Scheiße, tat das weh.

»Schon klar, *Chuck Norris*. Steig in den Wagen!« Natürlich hatte er meinen Vertuschungsversuch bemerkt.
»Was wird jetzt nur aus ihm?« Mein Blick tastete sich hinüber zu Aiden.

»Mein Bruder wird ihn anrufen. Er arbeitet mit Autisten. Vielleicht steht ihm ja eine glänzende Maurer-Karriere bevor.« Bill zwinkerte mir zu und wischte sich über den Schnurrbart. Seinen bösen Seitenhieb verzieh ich ihm sofort. Viel zu froh war ich darüber, dass die Welt auf der wir lebten, tatsächlich ein Dorf zu sein schien. Und das wieder und wieder.

»Warte kurz …« Ich hinkte um Bills Wagen herum auf das Polizeiauto hinter uns zu. Verfluchtes Flintenweib!

»Amber«, hörte ich Bill hinter mir rufen wie einen besorgten Vater. Die paar Minuten würden mich schon nicht umbringen.

Maja stand mit komplett verstörtem Blick vor dem Wagen und klammerte sich an Lucas Jacke, der mit einem Polizisten sprach. Ich wartete bis sie fertig waren und näherte mich ihnen mit zusammengepressten Lippen. Lucas' dunkle Augen trafen auf meine. Etwas Erwachsenes lag in ihnen. »Sie müssen sich keine Vorwürfe machen, Amber. Es ist okay.«

»Werdet ihr klarkommen?« Es war nie in Ordnung, Kindern ihre Mutter zu nehmen. Aber da mussten wir jetzt durch. Allesamt.

»Wir gehen zu unserer Tante nach London. Wird sicher cool, ich meine Hey – London«, sagte Lucas und zwang sich zu einem Lächeln.

»Ihr werdet nicht allein sein, egal wohin ihr geht«, erwiderte ich sacht. James stand direkt hinter Lucas und sah liebevoll zu ihm hinunter.

»Es wird immer jemand da sein, der auf euch aufpasst.«

»Ist er es?« Lucas sah mich mit großen Augen an.

Ich nickte. »Ja. Er ist immer bei dir. Und er ist stolz auf dich. Pass gut auf Maja auf!« Lucas schloss mich in den Arm. Es tat weh, aber das war in Ordnung. Als er sich von mir löste, blickte er an mir hinunter. »Sie sind verletzt?«

»Nur ein Kratzer. Aber Big Daddy da drüben wird mächtig sauer, wenn ich nicht gleich in sein Auto steige, also …«

»Also dann …« Lucas nickte und kaute auf seiner Unterlippe.

»Macht's gut!« Er würde mir fehlen, dieser kleine Chaot. Aber man sah sich immer zweimal im Leben.

Ich war beinahe weggenickt, als sich die Tür zu meinem Krankenhauszimmer öffnete und ein Strauß Dahlien auf mein Bett zugewandert kam.

»Noah, ich weiß, dass du das bist«, sagte ich müde. Sein Gesicht kam hinter den Blumen hervor. Ein schiefes Grinsen hing darin. Er wirkte fehl am Platz und auch nicht unbedingt wie jemand, der Blumen verschenkte. Zumindest schätzte ich ihn nicht so ein.

»Wie geht es Bobby?«, fragte ich.
Er suchte im Schrank nach einer Vase, fand ein Glas und seine Silberringe klimperten dagegen, als er Wasser hineinließ. Er stellte die Blumen neben mein Bett und beugte sich so plötzlich zu mir hinunter, um mich in den Arm zu nehmen, dass ich fast darüber erschrak. Die Umarmung war fest und innig. Er duftete nach einem herben Parfüm. Seine feste Brust presste sich gegen meinen Körper, seine Arme umschlossen mich lange. Beinahe zu lange. Als er sich von mir löste, lag pure Dankbarkeit in seinen hellen Augen. Ich erwiderte seinen Blick verdutzt. »Ehrensache«, stammelte ich. »Das

wird doch aber zwischen uns nichts ändern, richtig?«
Gerade war ich mir da gar nicht mal so sicher und das
machte mir Angst. Ich konnte ihn auf den Tod nicht
ausstehen. Er war mein Lieblingsfeind. Wie *Batman* und
Der Joker. Das durfte er mir nicht nehmen.

»Nein. Mit Sicherheit nicht.« Er zwinkerte mir zu.
Überheblich wie immer. Und dann verschwand er.

»Amber, Oh Gott! Ich hab gerade Adonis auf dem Flur
getroffen.« Hailey schneite herein, wedelte sich Luft zu
und ließ sich auf den Stuhl neben meinem Bett fallen.
»Verdammte Axt, ich hab kein Wort raus bekommen.«
Ihr Blick fiel auf die Blumen und sie spitzte die Lippen
und zog eine Braue nach oben. »Ahaaaaaa.«

»Das ist wegen Bobby. Du weißt schon, der Kleine,
der so hoffnungslos verliebt war. Und so was von in die
Falsche.«

»Aber so was von.« Hailey nickte tadelnd. Ich saß nun
schon einen Tag in diesem Krankenhaus fest und fragte
mich ernsthaft, warum. Ich fühlte mich gut und Hailey
wieder und wieder die gleiche Geschichte zu erzählen,
wurde auf Dauer auch eintönig. Sie war meine erste
Besucherin gewesen und seitdem eigentlich nie wirklich
gegangen. »Ich hab etwas für uns, Amber.« Sie wedelte
vielsagend mit einem Fax in der Luft herum. Wer ver-
schickte denn heutzutage noch ein Fax?

»Was ist das?« Ich setzte mich ein Stück im Bett auf.
»Kommt dir der Absender bekannt vor?« Sie hielt ihn
mir unter die Nase und ich wusste ein paar Sekunden
nicht, was ich sagen sollte. Schließlich konnte ich mich

doch zu ein paar Worten durchringen. »Ich … Was … was wollen sie?«

»Sie bitten uns um Hilfe.«

»Um Hilfe?« Ich konnte es nicht glauben. Unser altes Waisenhaus steckte in Schwierigkeiten?

»Was für Hilfe?«

»Na, was wohl für Hilfe?« Hailey warf den Kopf zur Seite und ihre Ohrringe klimperten. »Dort verschwinden Kinder, Amber. Aus *unserem alten* Zuhause. Sie sagen, es käme aus dem Wasser.«

»Es?« Ich starrte sie mit zusammengekniffenen Augen an.

»Mehr steht nicht drin. *Es.*« Sie zog die Brauen nach oben. »Komm schon, Baby! Du willst das, ich weiß es.« Ich kämpfte mit mir, wischte mir mit den Händen übers Gesicht.

»Du magst Wasser, hab ich recht?«, fragte Hailey. »Und du magst Schottland. Das ist unsere Heimat.«

»Ich liebe Schottland. Aber Hailey, ich weiß nicht …«

»Es gibt da noch etwas. Einen Brief … an dich adressiert. Ich bin die Postfee, heeeeey. Als wäre das finstere Mittelalter wieder ausgebrochen.« Hailey wühlte in ihrer bunten Tasche und legte mir einen Umschlag in den Schoß. Ein paar Atemzüge lang starrte ich die geschwungenen Zeilen auf dem Adressfeld an. *Amber Woods.* Akkurat geschrieben mit einem Füller. Vorsichtig öffneten meine Finger die Klebefläche und ein grünes Blatt fiel auf die blanke Bettdecke. Es war ganz klein und jung. Zart gewellt. Ein Säugling des Waldes. Sacht fuhr ich mit der Hand seine Konturen nach. Ein Eichenblatt. Kein Absender und keine Nachricht. Aber ich verstand die Botschaft. Thirsty Oaks bekam wieder Laub. Die Last war aus der Erde verschwunden.

»Ein Blatt? Verflucht, es ist Herbst. Das sieht ziemlich grün aus. Sollten die nicht sterben?« Hailey zog die Brauen zusammen.

»Weißt du ...« Ich betrachtete das Blatt von allen Seiten und lächelte liebevoll. »Deshalb war sie in diesem Wald. Und sie war so entsetzlich traurig ...«

»Von wem sprichst du?« Hailey neigte den Kopf.

»Alice. Sie war bei ihren Kindern. Bei Thomas und Aiden.« Dieses Blatt gab mir Hoffnung. Aus Tod wurde Leben. »Und jetzt ... jetzt ist sie frei.«

Hailey legte ihre Hände auf meinen Arm. Ihre glänzenden Augen blickten verständnisvoll in meine. Voller Zuneigung. Hatte ich wirklich die Seelensucher verurteilt für einen Fehler, den *ich* gemacht hatte? Die Seelensucher, von denen ich ein Teil war und es immer sein würde? Langsam ließ ich das Blatt auf meine Knie gleiten und hob den kleinen Finger, blitzte Hailey entschlossen an. Was ich brauchte, war kein vorhersehbares Leben. Ich brauchte ein Leben mit Hailey und voller Abenteuer. »Jedes Wesen in Not ...« Meine Stimme hatte noch nie beharrlicher geklungen. Ihr Gesicht wurde hell wie die Sonne, als sie ihren Finger mit meinem verhakte. »...beschützen wir vor dem Tod«, beendeten wir unseren Satz gemeinsam.

»Also dann.« Ich schlug die Bettdecke zur Seite. »Pack die Badesachen ein. Wir werden uns dieses schottische Wasser ansehen.«

Ab und zu mag man vielleicht meinen, die eigene Bestimmung sei ein Fluch. Allem voran ist sie aber ein Geschenk und nur ein Narr würde ein solches Geschenk verschmähen.

12 ECHTE ÜBERSINNLICHE GESCHICHTEN

DOREEN

Als meine Mutter damals mitten in der Nacht von der Uni auf dem Weg nach Hause war und sich von ihrer besten Freundin verabschiedet hatte, sah sie an dem Haus ihrer Eltern eine schwarze Gestalt stehen.

Erst dachte sie, sie hätte sich versehen, aber je näher sie kam, desto deutlicher sah sie einen schwarzen Mann mit Mantel und Hut.

Vor Angst wusste sie nicht, was sie tun sollte, ihre Freundin war bereits gegangen, Handys gab es zu dieser Zeit noch nicht und ihr Bruder war selbst unterwegs.

Sie nahm allen Mut zusammen und ging Richtung Tür, die Gestalt stand noch immer da, und öffnete die Wohnungstür.

Schnell rannte sie die Treppe nach oben, schaute aus dem Fenster, aber die Gestalt stand unverändert neben der Haustür …

Einige Jahre später

Ich war ca. 13-14 Jahre alt und schlief mit meinem Zwillingsbruder in einem Zimmer.

Es war spät, wir hatten vorher noch Fernsehen geschaut und weil ich nicht schlafen konnte, hörte ich über Kopfhörer Musik. Mein Bruder schlief bereits.

Als dann auch mich die Müdigkeit packte, schalte ich die Musik aus, drehte mich Richtung Bett meines Bruders, der gegenüber schlief und sah eine schwarze Gestalt, mit langem Mantel und Hut.

Ich war wie erstarrt, brachte keinen Ton heraus und plötzlich bewegte sich die Gestalt und flüchtete unter mein Bett.

Ich habe die ganze Nacht kein Auge zugemacht, den *schwarzen Mann* danach allerdings nie wieder gesehen.

Als mir meine Mutter Jahre später dann erzählte, dass sie in ihren jungen Jahren vermutlich genau die gleiche Gestalt gesehen hat, war ich geschockt.

Wir beide haben keinerlei negative Energie gespürt, meine Mutter denkt sogar, dass der „schwarze Mann" sie damals beschützt und darauf geachtet hat, dass sie sicher nach Hause kommt.

Warum er mir erschien, kann ich mir allerdings nicht erklären …

NADINE

Ich bin 40 und habe 4 Mädels (18, 16, 4 und 3) an der Hand und 5 Jungs fest im Herzen. Eigentlich glaube ich nicht an Geister.

Wir sind im Mai 2013 in unser Haus gezogen (Fachwerk Bj. 188), vorerst zur Miete. Da war ich bereits schwanger. Im September kam unsere Tochter zur Welt und im November fing es an ...
Ich hatte das Baby zu der großen Schwester gebracht und wollte abends gegen 20 Uhr im HWR die Wäsche machen. Während ich da sitze, höre ich eine Kinderstimme sagen: "Mama". Kennt ihr das wenn man so laut flüstert? Ich antwortete mit: „Ja?" Dann wieder "Mama", ich lauter „ja?". Ich hatte Angst, es könnte etwas mit dem Baby sein und bin panisch in die Küche gerannt. Beide Mädels gucken mich verdutzt an. Ich fragte die Große, was denn los sei und warum sie gerufen hätte. Sie sagte nur: „Ich hab nicht gerufen." Und gehört hatte sie auch nichts. Ich dachte in dem Moment: Okay, die Hormone. Du spinnst.

Ein paar Tage später begab sich ein ähnliches Szenario.
Kind 2 und 3 in der Küche. Ich sagte: „Bleib mit ihr hier, ich gehe nur schnell auf die Toilette." Oben im Flur war es kalt. Ich huschte also ins Bad, das ist ein ganzes Stück von der Küche weg, getrennt durch Flur und Fitnessraum, schwinge mich auf Toilette und sehe wie jemand durch den Fitnessraum geht. Ich hüpfte mit runtergelassener Hose durchs Bad und schimpfte: "Du solltest doch im Warmen bleiben!"
Niemand!
Leichte Hysterie im Anflug. Ich rannte also wieder in die Küche und das Kind beteuerte: „Wir saßen nur hier!"
Aber das war noch nicht alles: Ich hörte nachts seither ständig Schritte auf der Treppe.

Zu Weihnachten war mein Neffe zu Besuch. Kind 2,5 ging mit seinem Papa hoch, um Spielsachen zu holen und war ganz schnell schreiend und weinend wieder unten. Er weigerte sich, noch einmal hoch zugehen und sagte immer: „In unserer Bibliothek sitzt ein alter Mann und starrt mich an."

Im Januar 2014 war Kind 1 alleine Zuhause in der Dusche, hörte Schritte und dachte, wir seien vom Einkaufen zurück. Sie öffnete also die Badtür und stellte fest, dass die hintere Eingangstür offen stand. Den Schlüssel für die Tür hatten aber nur sie und Nr.2. Sie schloss sich im Bad ein und rief uns vollkommen aufgelöst an. Als ich kam, lag der Hund trotz offener Tür verstört winselnd im Körbchen ich hab an Einbrecher gedacht, aber es war nichts angerührt und die Tür heil.

Im September 2014 dann der vierte Vorfall.
Ich wollte mich mittags aufs Sofa legen, ging ins Wohnzimmer – kein Strom. Mit dem Sicherungskasten war alles In Ordnung, alle anderen Räume auch in Ordnung, nur der eine Raum war komplett tot. Als mein Mann nach Hause kam, checkten wir alles durch und fanden keinen ersichtlichen Grund. Mein Schwiegervater wies uns auf eine, übertapezierte Dose hinter einem Bild hin, die sollten wir uns einmal ansehen und wir trauten unseren Augen nicht: In der Dose steckte nicht ein Kabel.

Ein paar Tage später waren die Großen mit dem Hund meiner Freundin draußen. Wir (meine Freundin mit Partner und ich) saßen beim Kaffee in der Küche, als wir Gitarrenspiel hören. „Ach", sagte meine Freundin „Eve spielt mittlerweile aber gut Gitarre." Ich platzte noch vor Stolz wie toll und lange sie spielt ... Dann absolute Ruhe. Da sagte meine Freundin: „Wo haben die Mädels Odin eigentlich gelassen? Ist so ruhig."
In dem Moment ging die Haustür auf und 2 Kinder und 2 Hunde kamen pitschnass hinein.
Es war niemand oben, der hätte Gitarre spielen können ....

Wir haben dann überlegt, das Haus nicht zu kaufen. Aber egal, was wir versucht haben, es ging schief. Hab schon belustigt zu meinem Mann gesagt: „Irgendetwas hält uns hier fest."

Im Dezember 2015 unterschrieben wir den Kaufvertrag und noch am selben Abend saß unsere Nr.3 im Spielzimmer und sagte: „Manamana, geh weg!" Ich fragte sie, was denn los sei und sie meinte „Der Manamana ist da, aber ich will das nicht." Mir ist das Blut in den Adern gefroren. Wir haben sie sogar dabei gefilmt, wie sie etwas vor sich herschob und dabei immer sagte: „Geh raus, los!"

Letzte Woche sagte man uns, dass der Sohn unserer ehem. Vermieter schon immer glaubte, mit diesem Haus würde etwas nicht stimmen. Vor uns war eine Jungs-WG hier drin und sie haben wohl auch immer Schritte gehört.

Ich glaube nicht, dass Manamana böse ist, aber trotz allem macht es mir eine Gänsehaut.

Nr.3 und mein Neffe sehen einen Mann, ich höre ein Kind.
Ich fühle mich beobachtet und hetze manchmal die Treppe wie irre hoch, weil ich denke, es ist etwas hinter mir.
Mein Mann wurde auch schon gerufen, allerdings mit seinem vollen Vornamen, den keiner benutzt. Er denkt immer noch, ich war es und will ihn verarschen.

Es sind so viele Kleinigkeiten: Offene Türen, Sachen die einfach nicht mehr auffindbar sind, Lichter, die an gehen, ständig kaputte Glühbirnen.

Und dass der Vorbesitzer aufgebahrt war in dem Raum, in dem unsere Kinder jetzt ihr Spielzimmer haben und in dem der Manamana ist, haben wir vor Kurzem dann auch erfahren.
Kurioserweise im Sommer Ruhe, es passiert nur im Winter.
Seit mein Noch-Ehemann ausgezogen ist, ist es aber endlich etwas ruhiger geworden.

LAURA

Vorweg muss ich euch erzählen, dass mein Uronkel und ich genau am selben Tag Geburtstag hatten. Der einzige Unterschied war, dass er haargenau 60 Jahre älter war als ich. Dadurch hatte ich irgendwie das Gefühl, eine besondere Bindung zu ihm zu haben.

Vor neun oder zehn Jahren, ich war in der siebten, oder achten Klasse, hatte ich einen Traum. In diesem stand ich neben meiner Urtante, die weinte und am ganzen Körper bebte. Vor mir lag mein Uronkel und lächelte mich an. Sagte zu mir, dass er eine schöne Zeit hatte und, dass es nun soweit ist, dass er gehen müsste.

Der Traum hatte mich damals sehr, sehr aufgewühlt, sodass ich weinend zu meiner Mama gelaufen bin. Die saß in unserem Büro. Ihre Augen waren vor Tränen nass, genau wie meine. Sie musterte mich dennoch besorgt und fragte, was los sei. Also erzählte ich ihr von meinem Traum und konnte sehen, wie sie blasser wurde.

Nachdem ich geendet hatte, erzählte mir meine Mutter, dass mein Uronkel tatsächlich in dieser Nacht gestorben war. Er war einfach eingeschlafen und nicht wieder aufgewacht.

SVENJA

Der Lebensgefährte meiner Oma, er war so etwas wie mein Opa, starb im Jahr 2009 an Lungenkrebs. (Wir dachten alle, er hätte Asthma, er hat uns nie erzählt, dass er Krebs hat, selbst meiner Oma nicht) Als er schon ein paar Tage verstorben war, erzählte meine Oma meiner Mutter am Esstisch, dass sie Angst hat in dem großen Haus. Nach längerem Nachhaken erzählte sie dann, dass sie meinen Opa immer noch sitzend auf der Bettkante sieht. (Das hat er oft getan, da er ja schlecht Luft bekam).

Nach der Beerdigung meines Opas ist dann auch noch einmal etwas sehr Merkwürdiges passiert. Das Auto meiner Mutter gab den Geist auf, kurz bevor sie Zuhause angekommen war. Sie rief meine Oma an und sie sagte, meine Mama solle das Auto von Opa nehmen, so wie er es damals immer gewollt hatte. Daraufhin holte mein Papa meine Mutter ab und sie fuhren zurück, um das Auto zu holen.

Alle Macken, die das Auto bei dem Sohn von Omas Lebensgefährten hatte, waren auf einmal verschwunden man konnte einwandfrei damit fahren. (Lag wahrscheinlich daran, dass Siegfried seinen Sohn nicht sehr mochte).

Bis 2014 fuhr meine Mutter dem Auto bis es dann einen Schaden hatte. Sie erzählte immer, sie könne meinen Opa im Rückspiegel sehen ....

Ich füge hinzu, dass ich selbst vor ein paar Wochen eine sehr merkwürdige Sache diesbezüglich erlebt habe. Ich war mit meinem Freund an seinem Grab und es kam auf einmal Wind auf und wurde recht dunkel. Als ich den Blumenstrauß abgelegt hatte, schien die Sonne auf das Grab ❤

Und ich bin mir sicher, er war in diesem Moment bei uns ...

VIKTORIA

Eine Begegnung der besonderen Art:

Mein Opa starb kurz nach Weihnachten, ich war damals krank und hatte eine starke Erkältung und eine Angina gleichzeitig. Aufgrund meiner körperlichen Verfassung und meiner Geschwister traf ich die Entscheidung, zu Hause bleiben und fuhr nicht mit ins Krankenhaus. Bis heute bereue ich diese Entscheidung, da ich mich deswegen nicht von meinem Opa verabschieden konnte. Monatelang machte ich mir Vorwürfe, bis mir eines Nachts etwas Seltsames passierte:

Ich träumte zu dieser Zeit ständig wirre Sachen und schlief schlecht. In meinem Traum besuchte ich meine Oma, allein das war schon merkwürdig, denn ich besuchte meine Oma niemals im Traum. Ich ging in das Wohnzimmer und bekam den Schock meines Lebens. Mein Opa saß in seinem Ohrensessel, der immer sein Platz gewesen war und eigentlich nicht mehr dort stand. Er saß dort ohne Sauerstoffschläuche (er war schwer lungenkrank), es sah aus, als wäre er gesund. Besonders mitgenommen hat mich sein Geruch. Es roch wie damals, als er noch am Leben war. Der Schock muss mir wohl im Gesicht gestanden haben, denn er strahlte mich fröhlich an und bat mich zu sich. Natürlich setze ich mich und saß dann leicht schräg neben ihm auf der Couch. Es herrschte einige Sekunden lang Stille, dann sprachen wir eine ganze Weile, leider kann ich mich nur noch an Bruchstücke erinnern. Er sagte mir, dass ich keine Schuldgefühle haben müsse. Es ginge ihm nun gut und er hat mich noch immer lieb. Außerdem sagte er mir, ich sollte für meine Mutter da sein. Denn sie brauche nun jemanden, der für sie da ist.

Für mich fühlte es sich an, als hätten wir stundenlang geredet. Vielleicht dauerte es die ganze Nacht, vielleicht nur ein paar Minuten oder Stunden. Mit ganz besonderer Klarheit weiß ich, dass er meine Hand nahm, auf meinen Oberschenkel legte und sie drückte. Bis heute weiß ich nicht, ob eine reale Begegnung war oder ob sich mein Unterbewusstsein das Ganze ausgedacht hat. Trotzdem bin ich mir zu 100 % sicher, dass er da war.

VANESSA

Schon sehr lange glaube ich an Dinge zwischen Himmel und Erde, die nicht erklärbar sind. Erfahrungen habe ich einige dazu gemacht. Doch das hier ist die für mich schönste und auch die, welche sich am besten eingeprägt hat, denn sie wiederholt sich immer wieder:

02. Juni 2013 oder Regelmäßiger Besuch

Ich liege auf meinem Bett und lese. Es fällt mir schwer, weshalb ich immer wieder unterbreche und an die Decke schaue. Viel zu viele Gedanken schwirren durch meinen Kopf. Innerhalb eines Jahres hat sich meine Familie um drei Persönlichkeiten verringert, die mir unheimlich fehlen. Ich frage mich, wo sie jetzt sind und ob sie noch an mich denken. Seufzend greife ich erneut nach meinem Buch und versuche, weiter zu lesen. Da rieche ich einen sehr bekannten Geruch. **Old Spice.** Sofort geht mein Blick suchend im Zimmer umher, leider ohne etwas zu sehen. „Papa?" Statt einer Antwort kratzt es an meiner Zimmertür. Das Buch auf dem Kopfkissen ablegend, stehe ich auf und öffne sie, um Felix herein zu lassen, unseren Kater. Doch vor der Tür sitzt niemand. Kopfschüttelnd will ich sie schließen, als ein Klackern von Pfoten und das Schleifen einer verletzten Pfote zuhören ist. Die Geräusche kommen näher, gehen an mir vorbei und entfernen sich. Verblüfft schließe ich meine Tür und gucke zu meinem Bett.

Nur deshalb sehe ich, wie die Matratze sich senkt. Am Fußende auf einer Tagesdecke und in der Mitte meines Bettes erscheinen zwei Kuhlen.

Langsam trete ich näher und setze mich zögernd auf den Rand. An den Kuhlen ändert sich nichts. Vorsichtig rutsche ich auf meine Stelle des Bettes zurück und greife wieder nach meinem Buch, um weiterzulesen, spüre, wie sich ein kleiner Körper an mich schmiegt und ein Schnurren erklingt.

Meine freie Hand streift wie gewohnt über weiches Fell, bis mir erneut klar wird: Da ist nichts zu sehen.

Als wieder der Geruch von Old Spice in meine Nase dringt, lächle ich und sage leise: „Danke Papa, dass du vorbei schaust und Max und Mozart mitgebracht hast. Ihr fehlt mir."

Erst dann fange ich an zu weinen, vor Freude.

JULIA

Es war in den Osterferien 1999, das Jahr vor der Jahrtausendwende, die uns alle ins technische Chaos stürzen sollte - sofern man den Medien glauben durfte. Ich war mit meinen Eltern im Böhmischen Wald. Irgendwo in einer Ferienwohnung in der Nähe zur deutsch-tschechischen Grenze.

Der Besitzer der Wohnung war Fremdenführer und wir kannten ihn bereits von unseren vorherigen Urlauben dort. Was recht praktisch war für private Schlossführungen ohne lästige Touri-Gruppen mit ständig blitzenden Kameras und ohne das Drängen rund um ein historisches Möbelstück. So kamen wir auch in den Genuss einer recht privaten Führung im Schloss Rožmberk.

Es war ein verregneter Tag, den wir uns dafür ausgesucht hatten. Was unseren Entdeckungsgeist allerdings nicht wirklich trüben sollte. Es war lediglich ein wenig schade um die Aussicht. Denn das Schloss liegt auf einer felsigen Anhöhe und von einigen Zimmern hat man einen Überblick über das schmale Tal. Letztendlich machten es die historischen Innenräume allerdings wieder wett.

Während unseres Rundgangs kamen wir auch am Gemälde der Weißen Dame vorbei. Eigentlich hieß die Gute Perchta von Rožmberk und war die Tochter Ullrichs II. von Rožmberk. Sie wuchs im Schloss ihres Vaters in Český Krumlov auf und war dort auch sehr glücklich. Sie soll sehr hübsch gewesen sein - eh klar - und einige Männer hielten um ihre Hand an. Allerdings wurde sie gegen ihren Willen mit dem strengen Grafen Johann von Liechtenstein verheiratet. In seinem Schloss wurde sie von ihrer Schwiegermutter und der Tochter aus erster Ehe tyrannisiert, wo es nur ging.

Erst als ihr Mann starb und sie zurück auf die Burg ihres Vaters kehrte, war sie wieder glücklich. Dort betreute sie die Armen und half, wo sie nur konnte. Als sie mit 49 Jahren starb, war das Volk untröstlich und erhob sie quasi in den Stand einer Heiligen.

Gleichzeitig begannen die Geistergeschichten um sie. Es galt als gutes Zeichen, wenn sie mit einem Lächeln durch die Schlossgänge ging bzw. schwebte. Hatte sie aber schwarze Handschuhe an, dann sollte ein Unglück bevor stehen.

Und angeblich war sie auch im Besitz eines riesigen Schatzes! Das Bild an dem wir vorbei schlenderten, zeigt Perchta vor einer Art Höhleneingang. In ihrer rechten Hand hält sie einen langen Stab, mit dem sie seltsame Zeichen in den Sand zu ihren Füßen zeichnet. Es sind keine Buchstaben oder Zahlen. Es soll ein Code sein. Und wenn man ihn entschlüsselt, soll man den Weg finden zu eben ihrem Schatz. Bis jetzt ist es noch keinem gelungen! Auch mir nicht. Leider!

Als wir wieder aus dem Schloss kamen, regnete es noch immer. Kein Sonnenstrahl drang durch die Wolken. Alles war grau in grau. Typisch April eben. Wir gingen durch den Regen zum Parkplatz und stiegen ins Auto.

Ich saß gedankenverloren auf der Rückbank. In meinen Händen ein dünnes Buch über das Schloss. Ich blätterte darin herum und fand auch das Gemälde wieder. Nun eben in Printform.

Aus irgendeinem Gefühl heraus sah ich noch einmal zum Fenster hinaus und hoch zur Burg. Wir standen gerade an einer Ampel oder Kreuzung. So genau weiß ich es nicht mehr. Dafür war ich in jenem Moment viel zu sehr abgelenkt. Etwas bewegte sich eindeutig an einem der Schlossfenster. Aber eigentlich konnte das nicht sein. Die Fenster befanden sich in einem Teil des Schlosses, der für Touristen nicht zugänglich war. Auch für uns, trotz privatem Guide nicht.

Sprachlos drückte ich mir meine bald 13jährige Nase an der Autoscheibe ab. Folgte mit den Augen der weißen Gestalt, die nun ein Fenster verließ und zum nächsten ging und dann wiederrum zum nächsten. Insgesamt waren es sechs oder sieben Fenster, die sie da entlang ging, während ich im Auto hockte.

Und dann war sie weg. Ganz plötzlich, nur um eine Etage darunter genauso plötzlich wieder aufzutauchen. An dem Ursprungsfenster an dem ich sie zuerst sah, jetzt ein Stockwerk tiefer. Was zur Hölle...?!

Weiter kam ich mit meinen Gedankengängen nicht. In dem Moment fuhr mein Vater los und auch die weiße Gestalt verschwand.

Ich sah auf das Gemälde im Buch, nochmal hinauf zur Burg. Und mir war klar, dass es Perchta von Rožmberk gewesen sein muss. Wer sollte sonst in diesem stillen Teil des Schlosses quasi rumgeistern wenn nicht sie?!

SASKIA

Ich hatte als Kind schreckliche Angst im Dunkeln, das hatte allerdings seine Gründe. Eine Zeit lang stand fast jede Nacht ein Mann mit Hut neben meinem Bett, ich habe ihn immer so genannt, weil ich seinen Namen nicht wusste. Meine Mutter hat oft gesehen, wie ich ihn angeschaut habe (sie hat ihn natürlich nicht gesehen). Ich war in dieser Zeit auch nicht ansprechbar für sie. Ich weiß nicht mehr, ob ich Angst vor ihm hatte oder nicht. Ich glaube nicht.

Ich habe außerdem noch Schatten in meinen Zimmerecken gesehen, wenn ich an die denke, überkommt mich ein Schauer.

Den Mann mit Hut hab ich das letzte Mal mit 18 gesehen, er stand in der Tür zum Wohnzimmer. Da hatte ich schreckliche Angst und konnte mich nicht bewegen

Klar können das Träume gewesen sein, ich konnte es nicht von der Realität unterscheiden, aber meiner Mutter sagte, ich saß als Kind immer mit offenen Augen in meinem Bett.

Und eine andere Sache:

Mein Bruder starb vor fast 7 Jahren, er hat mir meine Deckenleuchte angebracht. Seit seinem Tod flackert sie oft.

Klar kann es ein technisches Problem sein, aber diese Lampe darf niemand anfassen.

Mir gefällt der Gedanke, dass er in diesem Moment neben mir stehen könnte.

TED

Mit ca. 8 Jahren war ich mit einem Freund aus dem Haus, in dem ich wohnte, zusammen im Hinterhof unseres Blockes unterwegs. Wir befanden uns zum Spielen im Sandkasten am anderen Ende des Innenhofes. Dieser Teil des Innenhofs war mit einigen großen Kastanienbäumen bewachsen. An einer Hauswand, ungefähr 10-15m Meter von uns entfernt stand ein alter Geräteschuppen. Keine Türen daran, keine Fenster, einfach nur Öffnungen in der Wand. Darin war alles dunkel. Für einen Moment sah ich auf Augenhöhe eines Erwachsenen zwei rote Punkte aufleuchten. Ich fragte meinen Freund, ob er das auch sieht. Er sah das gleiche wie ich.

Uns beiden wurde umgehend anders, so dass wir unsere Sachen gegriffen haben und die Beine in die Hand nahmen.

Wir dachten nur ans Rennen und daran, so schnell wie möglich nach Hause zu kommen.

KIM

Am 27.07., dem Geburtstag meiner verstorbenen Cousine ging ich mit dem Hund ihrer Schwester, also meiner anderen Cousine spazieren. Es war ein schöner Sommertag, angenehm warm und windstill. Der Hund und ich überquerten die Straße in Richtung Wald, dort muss man an einer Mauer entlang laufen, die den Waldfriedhof (auf dem auch meine Cousine beerdigt liegt) zur Straße abgrenzt. Als wir zum Eingang von dem Friedhof kamen, wurde es kalt und windig. Der Hund blieb stehen und verweigerte sich komplett. Er wollte partout nicht an diesem Eingang entlanglaufen. Auch ich spürte die Kälte und würde unruhig, wir wechselten die Straßenseite und der Wind war schlagartig verschwunden, die Wärme kam ebenfalls wieder.

Ein Jahr später, genau an demselben Tag ereignete sich wieder Ähnliches. Diesmal lief ich mit meinem Pflegehund dort entlang . Es war windig und trotzdem warm. Als wir aber an dem Eingang ankamen, wurde es wieder kühl und der Wind noch stärker. Auch dieser Hund verweigerte sich und ich wechselte wieder die Straßenseite. Ich habe den 27.07 immer bewusst verdrängt, denn ich habe den Suizid meiner Cousine nicht verarbeiten können, aber diese Begegnungen haben mich an ihren Geburtstag erinnert.

ANJA

Wer kennt sie nicht, die erste große Liebe? 20 Jahre jung, den Kopf im Himmel und das Herz in der Hand. Wir waren füreinander bestimmt, das war mir klar und schon bald wollten wir endlich ein kuscheliges Heim für uns haben. Unserer Liebe ein Zuhause geben. In unserer Stadt war das nicht so einfach. Wohnraum nur begrenzt vorhanden und die finanziellen Mittel standen nun auch nicht in rauen Mengen zur Verfügung. Vor uns lag die 3. Wohnungsbesichtigung und mit hoffnungsvollem Herzen gingen wir Hand in Hand diese kleine Straße entlang. Das Kopfsteinpflaster passte hervorragend zu den großen Jugendstilhäusern. Liebevoll renoviert, mit niedlichen Details.

Fasziniert von der Atmosphäre, versetzte uns das beinah in ein anderes Zeitalter. Vor den Häusern kleine Gärten. Umrandet von noch kleineren Mauern. Abwechselnd balancierten wir darauf. Auf Anhieb fühlten wir uns wohl. "Ich wette, die wird es!" sagte er zu mir. "Die muss es einfach werden! Die Gegend hier ist genau unser Ding!" Ich nickte und gab ihm einen flüchtigen Kuss, bevor ich ihn weiter zu dem letzten Haus auf der linken Seite zog. Ich hatte den Makler schon ungeduldig davor warten sehen. Makler haben irgendwie nie Zeit. Nach einer kurzen Begrüßung und Vorstellung, betraten wir gemeinsam das Haus. Die große Haustür mit den bunten Bleiglaseinsätzen ließ uns hinein. Das Treppenhaus bestand aus dunklem Holz, mit einem raffiniertem, holzgeschnitzten Geländer. An den Wänden kleine Bordüren, die dem Treppenlauf folgten. Alles in Erdfarben gehalten. Mir wurde es direkt heimelig. Meine Oma hatte in einem Haus unweit von diesem gewohnt. Daher war mir der Stil aus meiner Kindheit bekannt, und erinnerte mich auf eine subtile und wohlwollende Art an die schönen Tage bei ihr.

Wir mussten nicht weit gehen. Die Wohnung befand sich im Erdgeschoss. Als wir sie betraten machte sich Ernüchterung breit. Liebevoll waren die weißen Rauhfaserwände mal so gar nicht. Moderne Türen auch nicht. Grauer Teppich und so entsetzlich dunkel. Die Besichtigung dauerte nicht lange. Wir beide fühlten uns nicht wohl. "Die Wohnung ist es nicht, oder?" brach der Makler das betretene Schweigen. Kurzer Blick zum anderen: "Nein." sprachen wir im Chor. "In dem Haus hier, ist noch eine etwas größere Wohnung frei. Kostet auch etwas mehr, aber wenn Sie wollen, schauen wir sie uns kurz an." In meinem Kopf rechnete ich schon alles durch, aber nickte schließlich. In der 2. Etage erwartete uns dann ein kleiner Flur, von dem Türen abgingen. Vom Treppenhaus getrennt durch eine wundervolle Holztür. Der Makler schloß auf und uns strahlte so viel Licht entgegen, dass wir beide einen Schritt zurück machen. Fast entsetzt schauten wir uns an. Kann das sein?? Warum ist es hier so hell? Vorsichtig betraten wir die Wohnung und es war wie Liebe auf den ersten Blick! Keine 2 Minuten später hatten wir zugesagt und tanzten durch unser neues Heim.

14:46

Der Einzug ließ nur noch ein paar Wochen auf sich warten und gemeinsam mit Freunden räumten wir schließlich die bereits gestellten Möbel ein. Ich saß im Wohnzimmer, als eine Freundin meines Partners zu mir kam. "Du weißt schon, dass ihr hier einen Geist habt?" Ich musste lachen. "Wie kommst du denn darauf??" Sie war bekannt dafür, etwas eigenwillig zu sein. sprach immer von Poltergeistern und anderen übersinnlichen Dingen. Ihre Überzeugung davon, war manchmal fast ansteckend. Aber sowas wollte ich gerade nicht hören. "Ich hab ihn gesehen - ein weißer Geist. Also mach dir keine Gedanken." sprach sie und ging wieder an ihre Arbeit. Etwas verwirrt saß ich noch kurz da, schüttelte mich und räumte weiter ein. 'Ja, sie ist schon speziell.' schoss es mir durch den Kopf.

Am Abend haben wir uns dann den Nachbarn vorgestellt. Wie sich das eben gehört. Dabei stellte sich schnell heraus, dass unsere Nachbarsomi mich schon von Kindesbeinen an kennt. Ihr Sohn hatte mit seiner Familie damals neben meiner Oma gelebt. Als Kind war ich immer bei ihnen und habe mit deren Tochter gespielt. Was für ein lustiger Zufall. Wir verstanden uns auf Anhieb und es entstand eine gute Freundschaft. Als der Urlaub vorbei war, musste mein Freund wieder auf Montage. Der Alltag zog bei uns ein und ich war oft allein in der Wohnung. Abends lag ich gern auf der Couch und schaute einen guten Film. Ich mag Filme sehr. Dabei hab ich es mir immer richtig gemütlich gemacht. Und dann passierte es auf einmal. Zwischen Wohnzimmer und Schlafzimmer gab es eine wunderschöne weiße Flügeltür. Mit Fenstern und goldenen Griffen. Wir hielten sie immer geschlossen, um Heizkosten zu sparen. Der Frühling war zwar schon im Anmarsch, aber es war immer noch sehr kalt draussen. Vor der Tür stand eine große Pflanze mit langen Blättern.

Am Anfang dachte ich, dass ich mich versehen hätte. Die Blättern bewegten sich, als wäre ein Windhauch durch gezogen. Immer mal wieder. Dann waren sie wieder still. Ausser mir war keiner in der Wohnung, die Fenster alle geschlossen. Ich schaute noch einmal genauer hin.

Und da war es wieder. Sie bewegten sich - eindeutig. Mir lief es kalt den Rücken herunter und blitzartig fiel mir die Freundin wieder ein. Ihre Geschichte von dem Geist. 'Du spinnst!' dachte ich mir und versuchte den Gedanken sofort zu verdrängen. Konzentrierte mich auf den Film. Doch im Augenwinkel sah ich es wieder.

Die Blätter bewegten sich sanft hin und her. Ich zog meine Decke bis unter die Nase und versuchte mich zu beruhigen, als die Flügeltür zu unserem Schlafzimmer mit einem kurzen, fast quietschenden Knarren aufsprang. Wie versteinert saß ich da. Um himmels willen! Wie konnte das gehen?? Ich war gute 3 Meter von der Tür entfernt und allein.

Ich verstand die Welt nicht mehr und Angst kroch mir den Nacken hinauf. Was soll ich denn jetzt tun??

Das Gefühl, nicht allein zu sein, drängte sich mir auf und so ging ich in die Küche. In meiner Not bewaffnete ich mich mit einem Küchenmesser und ging langsam von Raum zu Raum. Machte alles Licht an, was die Wohnung her gab - es war niemand ausser mir da. Nach einiger Zeit und noch viel mehr Inspektion unserer Räume, hatte ich mich etwas beruhigt und beschloss ins Bett zu gehen. Wir hatten ein wunderschönes weißes Himmelbett mit Baldachin. Noch etwas verwirrt lag ich da. So richtig schlafen konnte ich nicht und so lauschte ich den Geräuschen der Straße. Die Flügeltür hatte ich geöffnet gelassen, um zu vermeiden, dass sie nochmal aufspringt. Das Geräusch hätte mir nur noch mehr Adrenalin in die Adern gepumpt. Hin und wieder blickte ich zu ihr und plötzlich war da keine Angst mehr. Die Tür schwang leicht einmal auf und dann wieder etwas zu. Ich kann nicht erklären warum, aber es hat mich nicht mehr beunruhigt. Ich war nicht allein, das spürte ich deutlich. Aber es war ein angenehmes Gefühl. In mir machte sich Geborgenheit breit. Das Gefühl, dass jemand auf mich aufpasst. Und darüber schlief ich schließlich ein.

Am Wochenende war mein Freund wieder da. Erst wollte ich ihm von dem Vorfall nichts erzählen, bis er auf einmal von allein anfing. "Irgendwas stimmt hier nicht." sagte er zu mir. Völlig irritiert schaute ich ihn an. Woher konnte er das wissen? "Hast du die Pflanze im Wohnzimmer gesehen? Die bewegt sich immer." ich nickte nur kurz und er fuhr fort: "Und gestern, als du drüben bei der Nachbarin warst, da ging die Flügeltür auf einmal auf. Ich hab gar nichts gemacht!" Mir schwand sämtliche Farbe aus dem Gesicht.

Er sieht das auch?? Bin ich also nicht verrückt? Schnell berichtete ich ihm von dem Vorfall und er schmunzelte mich an: "Dann haben wir wohl doch einen Hausgeist." Schnell fragte ich ihn, ob es ihm Angst machen würde: "Das ist komisch, aber nein. Ich weiß nicht warum, aber ich habe ein gutes Gefühl dabei. Weißt du was? Wir geben ihr einen Namen."

Warum auch immer, aber irgendwie fühlte es sich für uns besser an, aus dem Geist eine Frau zu machen. Von dem Tag an, hieß sie Elli.

In den kommenden Monaten war "Elli" immer mal wieder bei uns. Auch zusammen erlebten wir wackelnde Blätter und Türen die sich verselbstständigten. Auch dieses Gefühl der Geborgenheit blieb. Manchmal redeten wir mit ihr. Das darf man eigentlich keinem erzählen!

Die Zeit ging ins Land und ich wurde schwanger. Eine schwierige Schwangerschaft, die aber am Ende unseren Sohn auf die Welt brachte. Ich war lange in der Klinik, bevor ich mit ihm nach Hause konnte. Meine Mutter und mein Freund hatten alles für uns vorbereitet. An die wackelnden Blätter und knarrenden Türen hatten wir uns alle inzwischen gewöhnt. Wenn es Freunden oder der Familie auch auffiel, taten wir es immer mit Humor ab.

"Das ist selbstverständlich unser Hausgeist Elli." Geglaubt hat uns das natürlich niemand und wir vermieden es auch, uns zu erklären. Wahrscheinlich hat es jeder für einen Witz gehalten, wie es von uns auch beabsichtigt war. An dem Tag, als ich mit unserem Sohn endlich gemeinsam die Wohnung betrat, hat sie ein letztes Mal gestrahlt. So hell, wie damals, als wir sie zum ersten Mal betreten hatten. Mit einem Baby hat man viel um die Ohren und so fiel es uns erst nicht auf. Aber irgendwann fragte mich mein Freund: "Sag mal, die Blätter wackeln nicht mehr. Und die Tür ist auch ruhig. Ist dir das aufgefallen?" Ich stillte gerade unseren Sohn und grübelte nach. Er hatte recht. Seit ich aus der Klinik wieder da war, hab ich das nicht mehr gesehen. Während ich immer mehr in mich hineinhorchte, stellte ich fest, dass auch dieses warme Gefühl so nicht mehr da war. Ein anderes Gefühl von Wärme und Geborgenheit - eben von meiner Familie - hatte sich stattdessen in mir breit gemacht. Aber es war nicht das Selbe.

Elli war verschwunden und kam auch nie wieder.

Jahre später saßen wir dann mit unserer Nachbarsoma zusammen und redeten über das Haus. Sie selbst wohnte bereits seit 50 Jahren da und hatte so einiges erlebt. "Sag mal, weißt du wer hier vorher drin gewohnt hat?" fragte ich irgendwann. Ihr Blick wurde traurig und sie antwortete: "Oh, das ist eine tragische Geschichte. Hier lebte eine Familie - so wie ihr. Sie hatten einen Sohn, der irgendwann aus dem Schlafzimmerfenster stürzte und dabei ums Leben kam. Sein Vater hatte das nicht verkraftet und sich ein paar Monate darauf selbst das Leben genommen. Die Mutter lebt noch, ist dann aber direkt ausgezogen."

Ich wurde kreidebleich, mein Partner auch. "Elli" gab es wohl wirklich mal. War aber entweder ein Mann oder ein Kind. Und nachdem wieder ein Junge in die Wohnung eingezogen war, muss wohl die Arbeit dieser armen Seele erledigt gewesen sein.

Zumindet erklärten wir uns das selbst so.

Sophie G

Krähen sind extrem faszinierende Wesen-man sagt ihnen nach, sie seien die Geister Verstorbener, die im Diesseits nach ihren Angehörigen sehen. Auf der anderen Seite ist die Krähe ein leitendes Element in einer Zeit der Veränderung und als *Spirit Animal* auch ein Quell der Kreativität.

Immer öfter fühle ich mich von Krähen verfolgt bzw. begleitet. Im letzten November zum Beispiel hat eine vor der Uni auf mich gewartet. Als ich hineinging, saß sie auf dem Gehweg und sah mich interessiert an.

Nach der Uni saß sie plötzlich direkt neben mir und starrte mich an. Ich habe sie gegrüßt und sie flog davon- solche Begegnungen habe ich öfter- was genau sie bedeuten, werde ich vielleicht irgendwann noch einmal erfahren

DANKE!

An Doreen, mit der ich 24/7 über paranormale Dinge quatschen könnte und die maßgeblich an der Entstehung und Veröffentlichung dieses Buches beteiligt war,
An die beste Family, die man haben kann, weil sie immer für mich da ist und mich in meiner Entscheidung, zu schreiben bestärkt,
An meine lieben Testleser für all die Kommentare, das Lachen und Gruseln, trotz der knappen Zeit,
An Cara für ihre Mühen und die Zeit mit dem Korrektorat und die Anmerkungen – made my day ;-) ,
An Marie für das exorbitant großartig-wundervoll-sensationelle Cover und die tolle Zusammenarbeit (Auch für die zukünftigen Teile – ich freue mich schon jetzt!),
An die Macher von Mystery-Playlists auf Youtube (Ohne passende Musik geht einfach mal gar nichts!)

UND NATÜRLICH

An DICH, weil du dieses Buch in den Händen hältst und es auf legalem Wege erworben hast, um Amber in ihre Welt zu folgen. Wenn dir die Seelensucher gefallen haben, würde ich mich sehr über eine kleine Rezension freuen. Schon ein paar Worte helfen, machen glücklich und motivieren für neue spannende Buch-Abenteuer ☺

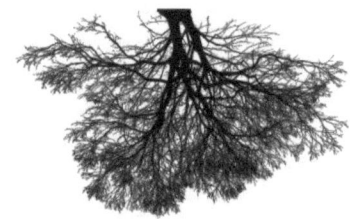

DAS ABENTEUER GEHT WEITER

NOCH MEHR SPANNUNG:
WENN EIN ALBTRAUM ZUR GEFÄHRLICHEN REALITÄT WIRD

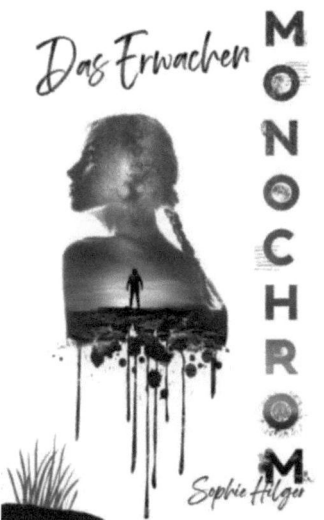

Das Erwachen

M
O
N
O
C
H
R
O
M

Sophie Hilger

Etwas wird kommen

M
O
N
O
C
H
R
O
M

ÜBER DIE AUTORIN

Sophie Hilger ist gelernte Drehbuchautorin, soeben über die Ziellinie der glatten 30 hinausgeschossen, bekennende Whisky-Liebhaberin, Schottland-Freak und BBC-Serien-Junkie. Nach einer übersinnlichen Begegnung im Alter von 19 Jahren beginnt sie, sich eingehender mit der paranormalen Welt zu beschäftigen und hat schon länger den Plan, all ihre wundersamen Gespräche und Erfahrungen diesbezüglich einmal auf belletristischem Wege zu ihren Lesern zu bringen. Somit ist das Seelensucher-Serial die Erfüllung eines Traumes, blendende Unterhaltung für alle, die sich gern ein wenig gruseln und ein Mutmacher für Gleichgesinnte.
Das Sichtbare ist nicht das Ende, es ist der Anfang.

WWW.SOPHIE-HILGER.DE
HTTPS://WWW.FACEBOOK.COM/SOPHIEHILGERAUTORIN/
HTTPS://WWW.INSTAGRAM.COM/SOPHIE.HILGER/

EBENFALLS ERSCHIENEN:

„BÜCHER SIND BUNT,
BÜCHER SIND ABENTEUER,
BÜCHER SIND LEBEN!"